U0626787

〔日〕 东野圭吾 著　岳远坤 译

名侦探的守则

南海出版公司

新经典文化股份有限公司
www.readinglife.com
出　品

目 录

引
子

我叫大河原番三，四十二岁，县警本部搜查一科警部①，一有杀人事件，便率部下赶往现场。

正如同大河原这个姓氏所暗示的，我在警界以严肃而闻名，鼻子下还蓄着髭须。只要我怒吼一声"喂，干什么呢"，新来派出所工作的年轻巡查们就会像被胶粘住一样，全身僵硬。

虽然不论怎么看，我都是一个非常棒的警部，但实际上仍有一个不可告人的缺点——自任现职以来，还没有侦破过一件像样的案子。当然，在卷宗上我侦破过各种各样的案件，逮捕过形形色色的凶手。如若不然，作为侦查行动指挥官，也太不自然了。只是，破案、逮捕凶手之类的，其实另有其人。

那个人就是，对，就是大名鼎鼎的名侦探天下一大五郎。穿着一套皱巴巴的西装，头发乱蓬蓬的，手持一根破旧的手杖，这就是

___

① 日本警察职衔由上向下分为警视总监、警视监、警视长、警视正、警视、警部、警部补、巡查部长、巡查。

他的标志。他将案件的相关者聚集在一起，从"各位"开始，展开推理，然后用手杖指着其中一位，说："凶手就是你。"这样的场面，或许很多人都在电影里看到过。

即便不知道天下一究竟是何人，聪明的读者或许也已经知道我是谁了。没错，我就是天下一侦探系列的配角——名侦探类型的小说中不可或缺的、被凶手的伎俩耍得团团转的警察。扮演这个小丑的就是我。

"啊，这可真是个轻松的工作啊。"

也许有人会这样说。不用亲自去寻找真凶，即便遗漏了解决案件的关键也无所谓，反正只要随便怀疑这个怀疑那个就行，还有比这更轻松的工作吗——各位读者一定会这么想吧。

完全不是这么回事。

没有比这更辛苦的工作了。只要稍微动动脑筋就会明白，这个角色比侦探辛苦多了。

首先，关于不用亲自去寻找真凶这一点，其实反过来说就是你不能找到真凶。个中原因您应该知道吧。找出真凶是主人公天下一侦探的工作，如果在他亮相之前，我已将案件解决，主人公就没有存在的意义了。而且，更重要的是，这样的小说就不能称为推理小说了。

同样，我必须故意错过解决问题的关键线索。虽然可以随便怀疑与案件相关的嫌疑人，但也不能胡乱撒网。

我想您应该明白，这种制约是非常苛刻的。即便错了，也不能朝案件的真相靠近。

那么，我要请问各位，怎样才能做到绝对不朝案件的真相靠近呢？

对，那就是尽早查明案件的真相，并刻意回避。即我要先主人公天下一侦探一步找出凶手，然后避开真相，进行各种行动。

就以上一起案件为例吧。那是在深山中一个人烟稀少的村子里发生的非常残忍的连续杀人事件。三个被害人都是年轻女子。实际上，凶手只想杀其中一个，但如果只杀一人，从作案动机上很容易被锁定，所以又杀了两个。不知道应该说异常，还是非现实，反正那起案件非常残忍。

凶手是村里势力最大、最有钱的家族龙神家的遗孀，漂亮、安静，热心于慈善事业，谁也不会想到她会杀人。但是，案件发生不久，我便发现她很可疑。所以，在各位读者目所能及之处，我绝不会表现出对她的怀疑，只是在背地里尽力展开科学调查，寻找证据。当然，我所做的努力是不能被读者看见的。在读者面前，我依然吩咐乡下的老巡查，拼命寻找一个在现实中根本不存在、二十年前就已失踪的杀人魔，还不时对这个令人毛骨悚然的传说表现出一丝恐惧。

等到科学调查有了发现、辨明真相之后我就轻松了，可以鼓足勇气行动。首先逮捕一名具有明显作案动机的阴郁男子，将他绑起来审问，最终的结果当然是找不到任何证据。再逮捕一名经常勾引女人的年轻男子，不久也不得不释放。于是我只能两臂交叉抱在胸前，说一句我总是会说到的台词：

"到底是怎么回事呢？这次我可真是没有办法了。"

在我以这样的程序消磨时间的时候，真正的主角天下一侦探也在进行调查。

不是我嫉妒他，他这个角色的确很好——只要按照自己的想法行动就行了。认真地寻找线索，几经挫折之后找到真相，这个过程本身就能成为一部小说。虽然也有因完全找不到线索而陷入困局的时候，但我总会不露痕迹地偷偷给他透露一点信息。

不过，他也有一点制约——即便在中途发现了凶手也不能说，必须装糊涂，直到最后一个人被杀。为了让故事高潮迭起，必须忍耐。

近来，读者对推理小说已十分了解，对于稍微有点意外性的凶手，丝毫不觉得吃惊。不，或许应该这样说，各位读者并不关心推理的过程，而总是抱着"作为凶手最令人意外的是谁"这样的心理来观察登场人物，所以猜中凶手的概率很高。这样的读者，肯定一眼便能看出龙神家的遗孀最为可疑。在他们的眼皮底下，我和天下一却不得不装出做梦也没有想到她就是凶手的样子，实在是很傻。读者可能会很不耐烦，我们也挺不好意思。然而，天下一侦探至少会在最后解开谜团时，挽回一点面子，但我直到最后仍不得不说：

"哎呀，做梦也没想到那样的美人竟会是凶手啊。"

总之，当推理小说的配角是十分辛苦的。但是，这些似乎在今天就能结束了。

我做配角很长时间了。迄今为止我所遭遇的疑难案件，闭上眼睛便能一一浮现，宛如昨天刚发生的一样。

最先想到的，还是那起密室杀人事件。

第一章　密室宣言　诡计之王

实在不好意思，又是一个非常没有新意的开始。电话铃响时，我还躺在被窝里。拿起黑色的听筒，值班刑警惊慌失措的声音立刻飞进我的耳中。

"警部，出事了！奈落村发生了一起杀人事件。"

"什么？"我掀开被子。

奈落村是一个位于大山深处的小村子。我带着部下，乘吉普车出发了。昨夜大雪，未铺柏油、坑洼不平的道路上满是积雪。到达目的地之前，我在车内摇来晃去，不知道有多少次撞到了车顶。

出来迎接我们的，是一个步履蹒跚的老巡查。他抬起手，举止有些奇怪，我想了想，觉得他大概是在敬礼。据说，这个村子里的巡查，只有这位老伯一人。这岂不是一个法律真空地带？直到现在都没有发生刑事案件，简直就是奇迹。

老伯带我们直奔案发现场。围观的人里三层，外三层，看到我们，纷纷后退。

"啊，警察来了。"

"这就让人安心了。"

"最厉害的一定是那个人。他留着髭须，一副威严之相。"

听到有个村民这样嘀咕，我心里很舒服。

"大家让开！让开！"

几十年都没有碰上这种案件的巡查老伯，终于有了一个展示自己的机会，精神十足。

我们穿过围观的人群，到了案发现场。大家不由得惊叫起来。

这不是本格推理①小说中经常出现的场景吗？

白雪覆盖着广阔的田野，雪上留有串串脚印。仔细一看，脚印并非一个人的，而是几个人来来往往之后留下的。在这些脚印的前方，有两间并排而建的破旧平房。

我心生厌倦。只怕又是那种事情吧，我有一种预感。

"死的是住在左边的作藏。"巡查老伯说道，"发现他的则是住在右边的铁吉。"

"那脚印是谁留下的呢？"我问。

"这个啊，先是铁吉。他发现了尸体，非常吃惊，想赶紧通知其他人，于是从雪地上走过。"

"这些呢？"

"是我和铁吉的。"

不知道为什么，老伯挺了挺胸脯，很是自豪的样子。

---

①又称古典推理，指与注重写实的社会派推理小说相对，以推理解谜为主要走向，让读者和侦探拥有同样线索、站在同一平面的推理小说主流类型。常有密室杀人或孤岛杀人等诡计类型。

"我接到报案，为了确认，和铁吉一起来到这里，发现的确如铁吉所说，之后，我俩又回去了。"

"那么，按脚印来算，一共是五人次？"

老伯歪着脑袋想了很久，才回答："是的。"

"铁吉现在在哪里？"

"嗯，应该是在……啊，那边那边。"

一个满脸胡须、长得像只大熊的男人慢吞吞地走出人群。

"好了，"我看了一眼部下，说，"我们进现场吧。铁吉，你也一起来。"

"请等一下！"

围观的人群中传来一个声音。一个穿着皱巴巴的西装、头发凌乱、模样古怪的男子拎着一根手杖，出现在我们面前。他就是这个小说系列的主人公天下一大五郎。我暗自叹了口气。

"又是你啊！你怎么会出现在这里？"

"好久不见，大河原警部。是这样，我有个朋友是这个村子的，他昨天结婚，邀请我来。"

"哦，是吗？可这不是外行侦探能够插手的案子，找个地方歇会儿去吧。"

这是我的固有台词。在名侦探类型的故事当中，作为配角的警察一般会主动寻求侦探的协助，让人不禁产生疑问：世上哪有这样的警察？但在天下一侦探系列里，事情不是这样的。

"我不妨碍你们办案，但请告诉我一件事情：铁吉先生来到这里之前，雪地上没有脚印吗？"

我看了一眼铁吉。铁吉摇着头，说道："没有。"

"哦，也就是说……"天下一两臂交叉放在胸前。

"还不到时候哦。"我在他耳边小声说道，"现在我们还不能断定就是'那个'。如果凶手在下雪前逃走，是不会留下脚印的。"

天下一闹别扭似的说道：

"我可还什么都没说呢。"

"行了行了。"我把手放在他的肩膀上，对他说，"我明白你的心情。没关系，天下一侦探系列中不可能没有诡计，根据我的直觉，这次的谜底十有八九是'那个'。但接下来的情节中，应该有更为隐蔽的秘密。到那时，你再大声地向大家说你的'那个'吧，你最喜欢的'那个'。"

"我可不喜欢什么'那个'。"天下一有些生气，板起脸来，"没有哪个侦探喜欢那种历史遗物。"

"又来了，不要太勉强自己了。"

"是真的。"

天下一正要发火，我的部下走了过来。"警部，我们过去吧。"

我慌忙从侦探身边走开，故意咳嗽了一声，说道：

"啊，请你别来捣乱。"

"我知道。"天下一佯装笑脸，点了点头。

作藏家的门坏了。我看了一眼躺在地上的顶门棍，小心翼翼地闪开，没有触及，直接走进屋里。

作藏倒在火盆边，头部被砍伤，旁边的地上有一把沾着血迹的劈柴斧。从现场判断，作藏在火盆边取暖时，凶手从背后袭击，杀害了他。

引起我注意的，是附近墙壁上的血迹。那不像是溅上去的，仿佛是故意涂抹所致。

"铁吉,"我问,"你能详细说明一下你来案发现场时的情景吗?"

铁吉嘀咕起来:今天早晨六点,他来叫作藏——每个冬日他俩都会一起去烧炭的小屋——但却打不开门,无论怎么喊也没人应答。于是他走到侧面的窗边,看到作藏头上流着血,倒在地上。

"等一下。"我一边看着天下一,一边问,"为什么门会打不开呢?"

"作藏临睡前,都会用木棍顶门。虽然村子里并没有小偷。"

"你是说顶门棍啊。"

我回到入口,装作才发现那根顶门棍的样子,把它捡起来。"哦,原来是用这个东西顶门的。"

"我接到铁吉的报案来到这里时,门仍打不开。"巡查老伯说,"于是我俩用身体撞开了门。"

好,快了快了。

"这栋房子还有其他出入口吗?"我明知故问。

"没有。"老伯回答。

"喂,这不是很奇怪吗?只有从里面才能用顶门棍把门顶住。也就是说,你们两个进来的时候,凶手应该就在房间里。"

听我这么说,巡查老伯和铁吉都瞪大了眼睛。

"没有,我和铁吉仔细检查过。这么一间小屋子,不可能有什么藏身之地。"

"但是……这可就奇怪了。"

一阵沉默——大家都知道,下面应该开口说话的是谁。我看了一眼天下一。但不知为何,那家伙却板着脸,一言不发。

我走到他旁边，在他耳边低语：

"喂，怎么了？这难道不是名侦探最喜欢的场面吗？该你宣布了啊。要讲就赶快讲！"

"我并不想讲。"

"好了好了，我知道了。不管怎样都行，赶快把这个案子结了吧。就用你那种千篇一律厚颜无耻的宣言。"

我回到原处，给天下一递了一个眼色。那家伙嘟着嘴，往前走了一步。

"警部，各位！"

所有人的视线都集中到天下一的身上。他一副快要哭出来的表情，旋即用一种自暴自弃的口吻说道："这是一起地地道道的密室杀人事件。"

"啊……"大家十分默契，异口同声地叹道。

密室宣言就这样被发布了。

我已经为天下一侦探系列当了很多年配角了。

这期间有很多不如意的事情，而最近让人头疼的就是密室诡计。说实话，只要它一出现，我的心情就会变得非常沉重。我就会想，啊……又来了。

虽然我总在抱怨：够了够了，现在谁还会喜欢这样的推理？但是，它仍然每几部作品就会出现一次。

从"密闭的房间中发生了杀人事件"这个传统的母题当中，能够变换出很多不同的形式。比如以无人岛为舞台，以宇宙空间为背景——虽然到现在我还未遇到过，但结局无一例外，都是"密室"。

每当这个时候，名侦探便会发布各种密室宣言，我们这些配角则要装出一副吃惊的样子。

实际上，我们一点也不吃惊。

就像同一类魔术看了很多遍，不同的只是每次变出来的东西不同。老实说，这带不来新奇感。比如那种美女悬空的魔术，即便每次悬上去的美女不同，看得多了，也仍会生厌。

然而，"密室"却不知疲倦地出现在推理小说中。

这到底是为什么呢？

若有机会，我一定要向读者咨询：您真觉得这种什么密室杀人事件有意思吗？

很遗憾，我无法听到读者的心声，但我总感觉读者会说"没意思"。连我们这些登场人物都厌烦了，花钱买书阅读的人不可能感到满意。

到底是谁没有注意到这件事呢？

真是太奇怪了！

案件发生几个小时之后，我逮捕了铁吉并将他扭送到派出所。

"赶快招供，我知道是你干的。"

"我什么都没干啊！"

"别装了。村子里的人都知道最近你和作藏老吵架。你们不是因为农田边界问题闹矛盾吗？你肯定是在一怒之下把他杀了。"

"不知道。不是我干的。"

这时，老巡查摇摇晃晃地走了过来。

"警部，村民们都嚷嚷着说作藏之死是报应，闹事呢。您能去说明一下吗？"

"报应？"

"对。大家都说要围攻壁神家。我想请警部向村民们解释一下，行吗？"

"你说的壁神家，就是昨天举办婚礼的那家吧。"

不必说，壁神家又是村子里首屈一指的大富豪。他家的独生子辰哉迎娶了邻村的小学女教师花冈君子。天下一侦探的朋友，好像就是壁神辰哉。

"为什么大家要围攻壁神家呢？"

"啊，是这样，村子里一直有这样一个传说：如果地主家的儿子跟其他村子里的姑娘结婚，神灵就会自墙壁而出作祟，村民也会因此遭到报应。"

"自墙壁而出？"

我突然明白了，怪不得地主姓壁神呢。可这话说出来实在有点傻，便没有说出口。

"新娘是作藏的远亲，而且这段姻缘的牵线人也是他。所以，村民们都认为壁神对这桩婚事极其不满，便索了作藏的命。他们害怕城门失火，殃及池鱼，于是想要围攻壁神家，迫使壁神家取消这门婚姻。"

"真是无聊的迷信。"我哑然失笑。

"报应，肯定是报应！"旁边的铁吉也大喊起来，"警部您也看到了吧，作藏家的墙壁上涂满了血，那肯定是壁神干的！"

"胡说八道！肯定是你想要掩盖罪行，才故意这么说的。"

"不是！"

"真无聊，怎么可能有什么神灵。"

"可是，警部……"巡查老伯插嘴说道，"如果是铁吉干的，他身上应该会有血迹啊。但是我看到铁吉的时候，他的身上并没有血。"

这老头，一大把年纪了，竟然还卖弄本事！我有点慌了手脚。

"这种小事，换一件衣服就解决了。一会儿要去铁吉家搜查，一定能找出带血迹的衣服。"

"不可能找到，根本不是我干的！"铁吉大喊。

"好像很辛苦啊。"天下一挠着乱蓬蓬的头发突然登场，咧嘴笑着对我说。

"哼！"我轻蔑地呼口气，说出固有的台词，"这儿没有你外行侦探什么事。"

"哎呀，您可千万别这么说。我是来为铁吉辩护的。我能理解您逮捕铁吉的理由，但这样就正中凶手的下怀了。"

"你知道我为什么逮捕铁吉吗？"

"当然。首先您觉得，从第一个……能够从第一个密室逃脱的，只有铁吉，是吧？"

在说到"密室"这个词的时候，他显得有些不好意思。

"第一个？"我反问道。不光是我，老巡查和铁吉等人也吃了一惊。

"我是指雪地。"天下一显得有些不耐烦，"在巡查赶到现场的时候，雪地上只有铁吉的脚印。若凶手另有其人，怎么能不留下脚印就逃离现场呢？所以，这正是……正是……啊，嗯，密室。"

"你是说这个啊。"我明白了，"这一点，没有什么问题。根据我们推定的死亡时间，作藏应该是在下雪前被杀害的。因此，凶手没有在雪地上留下脚印，这没什么奇怪的。我逮捕铁吉，是因为他有杀人动机。"

"下雪之前……啊,这样啊。"天下一有点失望，随即又振作起来，咳嗽了一声，说道，"但这里仍有一个谜。作藏家的门是用顶门棍顶着的，那么，凶手是如何逃脱的呢？这才真正是，怎么说呢……"

"密室？"

"是的。"天下一点头说道。

我摸着下巴，说道:"这么说来，还有一个谜呢。"

"什么还有一个谜，这才是故事的关键。大河原先生，拜托您再演得夸张一点嘛。"

"可……"我一脸苦笑，"都这么一大把年纪了，还整天嚷嚷什么密室密室的，多难为情啊。这件事就交给你了，反正案件最终也得由你解决。"

"太不负责任了！"天下一一脸遗憾，"对于最终的结局是没有办法了，我会负责说明真相的，但在此之前如果您不给我捧场铺垫，我也很难办啊。"

"我明白你的心情，但在这个时代还要为密室铺垫，实在太痛苦了。"

"别发牢骚了，现在最痛苦的人是我。"

"你痛苦什么？"

"当然痛苦啦！什么密室解谜……啊，我真的不想解了，又会被那些推理小说迷和评论家耻笑了。"天下一说完,竟放声大哭起来。

"别哭了，我知道了我知道了。就按你说的办。"我调整了一下姿势，改变了腔调，说道，"嗯，当然了，这个密室也在我的考虑范围之内。不管怎么说，这个密室啊，可是一个大谜团。"说这种话，我实在很难为情，出了一身冷汗。

"对，是个大谜团。"天下一变换了姿势，说道，"只有揭开这个密室的谜底，才能尽快水落石出。"

"你有什么线索吗？"

听我这么问，天下一拿起手杖敲了敲地板，说道："某种程度上吧。"

"告诉我吧。"

"不，还不行。"他摆摆手，"还不到时候。"

实际上，这时候说出线索，案件会轻易得到解决，但故事就无法往下进展了，因此天下一故意卖了一个关子。按照推理小说的惯常做法，我不能继续追问。

"是吗？那就没有办法了。"

"对了，大河原先生，我们先去壁神家吧。我有些事情想调查一下。"

"哦，好啊。"

我把铁吉留在派出所，跟着天下一走了。原本非常瞧不起外行侦探的警部突然对侦探非常配合，也是天下一侦探系列的特征之一。不能说警察见风转舵，而是因为如果不这么做，故事便无法发展。

村民们果然都围在壁神家门口。我们拨开人群，走了进去。

壁神家的当家人是遗孀小枝子，年轻漂亮。很难想象她竟有一个已到婚龄的儿子。不过也难怪，她是上代当家人的第二任妻子。

"哎呀，大喜的日子里，竟然发生了这种事，真是的。不过您不用担心，我们，不，我一定会把真正的凶手抓住的。"

"请多关照！"小枝子夫人郑重地鞠了一躬。"村民们说我什么都没关系，可两个孩子是因为相爱才结婚的，他们太可怜了。"

"您的这种心情，我非常理解。"我连连点头。

看到这里，各位读者或许已经盯上这个女人了，觉得她很可疑。按照本格推理小说的公式，只要出现女人，那她必定是凶手，今天的故事，也不能免俗。当然，我对此心知肚明，但我的角色令我不能怀疑她。

见过小枝子夫人，我们又见了昨天刚嫁过来的君子，一个相当出众的美人。据说她和被害人作藏是远亲，但看不出她的悲伤。

"作藏的家里有什么秘密通道吗？"天下一突然问道。

"秘密通道？没有。"她摇了摇头，问道，"怎么了？"

"实际上啊，作藏……"天下一深吸一口气，鼓起勇气用一种戏剧性的口吻说道，"是在密室状态下被杀害的。"

"密室？"君子一脸疑惑，小声嘀咕着，"密室是什么东西？"

天下一差点背过气去。"您不知道？"

"对不起，才疏学浅。"

天下一嘟嘟囔囔地发着牢骚，给她讲解起来。

"什么，就是这个啊。"君子嗤笑道，"这无所谓吧。"

天下一的鬓角暴出青筋。

"要是不解开密室之谜，就无法辨明真相。"

"哎呀呀，是吗？"君子一副很意外的表情，"这种事情，往后放放不是也行吗？等抓住凶手之后，问问他是怎么制造密室杀人事件的不就行了。虽然我并不想听。"

我在旁边听着着急。年轻的女子就是麻烦。君子依然不管不顾地说道：

"我觉得用这种诡计来吸引读者的想法已经过时了。密室之谜？哼哼，太老套了，笑都笑不出来了！"

天下一铁青着脸僵立在那里。

故事渐渐发展，终于到了尾声。村子里已经有四个人被害了。调查陷于被动，是推理小说的惯例。

迄今为止，我逮捕了包括铁吉在内的三个人。他们要么是无论怎么看都不像凶手的人，要么是为误导读者而登场的人物。我依然像往常一样说出了自己的台词：

"到底是怎么回事呢？这次我可真是没有办法了。"

接下来就轮到了天下一为大家解谜了。

所有相关人员都聚集在壁神家的客厅里，我当然也要出席。但就在此时，麻烦事发生了。

天下一突然闹起别扭来了，说什么也不想揭开谜底。

"现在可不能说这种话，大家都等着呢。"我劝道，"读者也期待着呢。"

"那我只推测一下凶手，这样行吧？"

"喂，可别胡说，这篇小说的亮点就是密室杀人事件。如果你不给我们揭开谜底，读者是不会同意的。"

"说谎！"他把手缩进口袋里，使劲儿跺了跺脚，说道，"读者肯定也认为这样的密室杀人事件毫无新奇之处。"

"哪有人会这么想？快，进来吧。主要登场人物都已经着急了。"

"那些人也很过分！在调查当中，只要我一提到'密室'这个词，他们就哧哧地笑。当我说到'密室是诡计之王'时，那个巡查老伯竟然露骨地笑出声来。"

"你说过这样的话吗？"

"说过。"

我本来想说"那的确挺可笑的"，但是话到嘴边，又咽了回去。

"不管怎样，今天你就忍一下，揭开谜底吧。我会让大家安静严肃地听你说话的。"

"要是读者气得把书扔掉，我可不管哦。"

"知道了知道了。我在里面等你啊。"

我走进房间之后，态度完全改变——挺起胸脯，傲慢地坐在椅子上，环视了一圈在场的人，说道："哼，这个外行侦探到底想要干什么呢？"

这时，天下一走了进来，所有人的视线都聚集在他的身上。

"各位，"他首先说出的还是那句经典台词，"请允许我来说明这次事件的真相。"

天下一的推理是从继作藏之后被杀的三个人开始的。他说了很多，简明扼要地概括，就是这三个人都知道凶手是谁，并试图以此要挟，所以被凶手接连杀掉。

"那么作藏又为什么被杀呢？这是因为他知道了某人的秘密——曾经是风尘女子。为了隐瞒这件事，凶手想到了借用壁神作祟这个传说杀掉作藏。为布疑阵，在墙壁上涂抹鲜血，制造一个无法出入的密室……"

天下一刚说到这里，坐在客厅一角的小枝子夫人突然将一个东西放进口中。当大家反应过来时，为时已晚，她嘴角流出了鲜血。

"母亲！"辰哉急奔过去将夫人抱了起来，"母亲，您这是干什么！"

"辰哉……对……不起。"小枝子夫人就这样气绝身亡了。

"母亲！难道母亲就是凶手吗？"

"啊，为什么会这样啊？"

"真让人难过啊！"

"没想到竟然是夫人。"

村民的惊讶叹息声不绝于耳，还有人号啕大哭，室内一片哗然。

我惊讶地看去，只有天下一呆呆伫立。凶手在他要揭开谜底的时候自杀身亡，真是一个重大的失误。

"大河原先生，"他茫然地说，"我可以回去了吗？"

"不行。"我拽住他，"揭开谜底之后再走。"

天下一快要哭出来了。"您让我在这种情况下解谜？"

"没办法，你赶快说完就完事了。"

他垂头丧气地看了看在场的村民。他们各自忙着自己的事情。

"那么，各位，请允许我向大家说明一下这个密室之谜。"他终于鼓起勇气。但是，没有人听他说话。只有一个老婆婆抬起头往这边看了一眼，抹了一把鼻涕，就又扭过头去了。

"那天晚上，雪下得很大。实际上，秘密就藏在雪中。凶手正是预料到会有这场大雪，才选择在那天晚上作案。"

"他在说话呢。"

"就是那个演侦探的，说的是密室什么的。"

"哦，要是说那个就算了。"

"我们还是去搬遗体吧。"

几个年轻人开始搬运小枝子的遗体。其他人也纷纷退场。

"作藏的房子，年久失修，甚至在下大雪的时候，会因积雪覆盖而导致屋檐变形！"天下一吼道。现在只有我和巡查老伯在听。实际上巡查老伯也非常想回去，只是我抓住了他的手腕。

"对，就是大雪造就了密室。房顶上的积雪使房间发生了微妙的扭曲，导致房门无法打开。这一切，都是凶手的预谋。所以，凶手把顶门棍放在门后，造成它原本顶着门的假象。这……这就是密室的真相。"天下一说完之后，除了我和巡查老伯，屋内已经没有其他人了。

"哦，原来是这样啊。"我小声说了一句，"我还真没注意到这一点。这一回又输给你了。"

我用胳膊抵了一下巡查老伯，想让他也说句话。老伯慢慢抬起头，看着天下一，说道：

"哦，总之也就是说，门被大雪压倾斜之后打不开了，是吧？"

"啊，是的。"

"哈哈……"

我有一种不祥的预感。这个老伯该不会说出什么不该说的话吧。正当我这么想的时候，那句最为忌讳的话，已由老伯口中冒出："那，又怎样呢？"

"什么怎样……那个……"

一阵非常尴尬的沉默之后，天下一哇的一声哭了起来。

罢了罢了，真是完全没有办法了。

读者读这么老套的故事自然很可怜，但在此情况下还不得不给大家解谜的侦探也很痛苦啊。

"他为什么会有这样的感觉？"

"据他说，第一次是在睡午觉的时候，差点被人用绳子勒死。当他挣扎着睁开眼睛时，凶手已经不见了。第二次是用毒药。当时他准备往咖啡里加糖，突然发现里面掺杂着农药，因为光线的反射度不同才发现的。园艺用的农药原本存放在杂物房内。"

"既然发生这样的事情，为什么不和警察联系？正是因为委托了你这样的外行侦探，才丢了性命！"我低头看着躺在地上的尸体，吼道。

"画师找过警察。但他说，没有发生案件，警察不愿意出动，所以才找了我。"

"哦……"

我只好苦笑着，对身边的部下说道："喂，你们磨蹭什么？还不赶紧检查尸体！"

牛神贞治穿着一身装满画具的工作服，仰面倒在地上。胸部插着一把刀，别无外伤。

"警部，请看这个。"部下从地上拾起一个四方形的台钟。台钟表面的玻璃也已粉碎，指针停在六点三十五分。

"看来这就是作案时间了。不，不，也不能排除凶手故意伪装的可能。是谁发现的尸体？"我问道。

"要说第一目击者，是女佣阿米。"天下一在一边搭腔，"但也可以说，这个宅子里的所有人都是发现者。"

"怎么回事？"

"在六点半左右，也就是这个台钟被打碎的时间，大家都听到了一声惨叫——像是牛神画师发出的声音，接着是接二连三的玻璃破碎声。躺在被窝中的我飞身而起，其他人也相继从房间里走出。这时我们听到了阿米的惊叫，便赶到画室。在这里发现了死者。"

"哦，原来是这样啊。"我捋着胡须想了一会儿，对部下说道："好，不管怎样，先向案件相关人问话吧。把他们一个个带到这里来！"

"是！"部下听了我的吩咐，去了堂屋。

四下无人，我转身看着天下一，微笑道：

"看来这次的案件只需要找出凶手就是了。现场也不是什么密室。"

"这让我也松了口气。"天下一轻松地说，"我原本还在想，如果又是密室该怎么办呢。当我发现这个画室没有上锁的时候，心中的一块石头终于落了地。"

"有五个嫌疑人？若是从原则上来说，我有充分的理由把你列为嫌疑人，但无论如何，我们这本推理小说的主人公不能成为罪犯啊。"

如果真的那样，各位读者一定会很生气。

"大河原先生，您也考虑过这五人之外的外部嫌疑人吧？"天下一的眼神中带着嘲笑。

"这也没办法。在这种案件发生的时候，不去考虑外部嫌疑人的警察几乎不存在。"

在这种设定的推理小说中，案犯不可能是来自外部的侵入者。但是，无限延长错误的调查，就是我在这个天下一侦探系列中的职责，没有办法啊。

"哦，话说回来，嫌疑人才只有五个啊。"天下一挠着乱蓬蓬的头发说，"在这么小的范围内进行推理，还要使最后的结果出人意料，不是一件简单的事情。作者到底想要怎么做呢？"

"难道，是自杀？"我说出了心中的不安。

"不会吧。"天下一蹙起了眉头。

"怎么了？"

"没有，我只是突然感觉作者变了脸色。"

"喂喂，你可别开玩笑！"

正当我不知所措时，我的部下带着一个嫌疑人走了进来。我和天下一马上回到小说的世界中。

带来的是一个中年男子，被害人牛神贞治的表弟马本正哉。他自称是进口贸易商，但怎么看也不像一个正经工作的人。

"我完全不知道到底发生了什么事。昨天还那么精神的贞治竟突然被害……啊，您是说线索吗？完全没有。是谁把那么好的人杀掉了呢？凶手肯定是图财害命的强盗。一定是这样的。警官，请一定要早日把凶手抓住，拜托了。"正哉说着，大哭起来。不，说哭其实不太恰当，虽然他始终用手绢擦眼睛，却丝毫不见手绢有湿痕。

之后，我又一一向其他相关人问话。记录问话内容只会让读者因篇幅冗长而感到混乱，不如借用经常出现在推理小说最前面的"主要登场人物"，列举如下：

主要登场人物：

牛神贞治（六十岁），油画家，牛神邸主人，单身，拥有巨额家产

马本正哉（四十二岁），自称是进口贸易商，贞治的表弟，寄住于牛神邸

马本俊江（三十八岁），正哉的妻子

虎田省三（二十八岁），贞治的弟子，寄宿牛神邸

龙见东子（二十三岁），贞治的弟子，独居牛神邸附近

犬冢米（四十五岁），牛神邸的女佣

大河原番三（四十二岁），县警本部搜查一科警部

铃木（三十岁）、山本（二十九岁），刑警和巡查

天下一大五郎（年龄不详），名侦探

"哈哈哈……"

看了这个主要登场人物表，我忍不住笑出声来。就连刑警和巡查也要写上去，真是滑稽，而更让人忍俊不禁的是对天下一的介绍。

名侦探。

哈哈哈哈哈……

在人物介绍中，没有必要用"名侦探"一词吧，写个侦探不就行了？这也太让人难为情了！这个作者到底在想什么？

我在牛神邸的接待室笑得眼泪直流时，刑警铃木走了过来。

"警部，我把犬冢米带来了。"

我马上变回严肃的面孔，说道：

"好，把她带进来。"

在铃木的催促下，阿米走了进来。她低着头，脸色苍白，一副小心翼翼的神情。

"你，应该还记得这个吧。"我拿出一个瓶子，里面放着精制白砂糖。阿米默默地点了点头。

"你知道这里有毒吗？有人放了农药。"

阿米睁大了眼睛，十分惊讶。

"我完全不知道。"

"是吗？你真的不知道？那这个平常放在哪里？是厨房吧。能很轻易地往里面投毒的，就是经常待在厨房中的你啊。"

"怎么可能……我不知道。我怎么可能把老爷杀掉……这……这太可怕了……"阿米使劲儿摇头，浑身颤抖。

"那么我问你，听到牛神画师惨叫的时候，你在哪里？"

"在房间里，我的房间。"

"哦，你能够证明吗？"

"证明……不能。"

"看吧。除了你，其他人在听到叫声后立即走出房间时，都互相看到了对方。他们有不在场证明。"

"我也是听到叫声后走出屋子的呀。因此我才去了画室，看到老爷惨遭毒手，惊叫起来。"

"真的是这样？你该不会是在杀了画师之后，装作刚到现场的样子，故意发出惊叫的吧？"

"不是，不是的！不是我。"阿米哭了起来。

我叹了一口气，摆出一副"不会被你的哭泣欺骗"的表情。当然，我确信这个女人不是杀人犯，正因如此我才能这样指责她。在推理小说中，我们这些配角最需要注意的就是破案的速度绝对不能快于名侦探。在名侦探查明真相之前，我这种配角必须进行离谱的调查，为名侦探破案争取时间。

能够确定阿米不是凶手的证据有以下几点。首先，她不是美女。如果凶手是女性，将其设定为美女似乎已是作家的本能。其次，她的过去一目了然，难以抖出隐藏的作案动机。最后，则是她的名字。无论怎么看，也不像凶手的名字。

看着面前哭泣的阿米，我暗自苦恼。这时，有人敲门。进来的是天下一。

"阿米不是凶手。"侦探突然说道。

"你干什么？这可不是外行侦探能插手的。请离开吧。"我说出了这种场合专用的台词。

"您还是听一下吧。今天早晨我对您说过，牛神画师曾经在睡午觉的时候被人勒过脖子。我调查过众人的不在场证明，那时阿米去村子里买东西了。"

"什么？这是真的吗？"

"真的。"

"哦。"我低声道。草率地确定凶手，在出现一点矛盾时，就要立即承认失败，这也是配角的职责所在。"那么凶手不是这个女人……"

"对了，刚才我听警察先生说，刀上有牛神画师的指纹，是吗？"天下一问道。

"啊，是的，那只是凶手的伪装罢了。虽然有指纹，但那是左手的指纹。谁都知道牛神不是左撇子。"

"哦，是吗？凶手也应该知道这一点吧。为什么还要留下左手的指纹呢？"

"肯定是因为太慌张搞错了。"

我轻率地做出断言的时候，部下走了进来。

"警部，经营牛神贞治画作的画商收到这样一封信。"

"信？"

我从部下递来的信封中抽出信，上面这样写着：

> 　牛神贞治的画，不是自己画的。他把我的作品，当作自己的作品发表。牛神贞治必须赎罪。

"什么？这不是说牛神偷了别人的作品吗？"

"这是绝对不可能的。"刚才还在哭泣的阿米抬起头来，坚定地说，"老爷都是自己画的。"

"那到底是谁写的这封信呢？"我重读了一遍，歪头不解。

"对不起，请让我看一下。"天下一从一旁伸手拿走了信，"字写得真丑啊。"

"这是为了掩饰笔迹啊。肯定是这样。"我露出瞧不起外行侦探的不耐烦表情。

"哦，难道是……"天下一挠了挠蓬乱的头发——他在脑海中进行推理时的习惯，头屑四处飞溅。

我说过，这是一部查找凶手的小说，但这并不意味着读者仅凭阅读笔记就能找出凶手是谁。仅仅凭借小说中提供的线索，不论怎么推理，都不可能辨明真相，是这一类推理小说的真实情况。

这也没什么关系。现实中，几乎没有读者会像作品中的侦探那样以逻辑推理寻找凶手。大部分读者都依靠直觉和经验来判断真凶。

不时会有读者这样说：我读到一半就知道凶手是谁了。但这并非他通过思考、推理得出的结论，只是随意地挑选目标恰巧猜中了而已。对于作者来说，最棘手的是，读者的猜测对象并不唯一，而是像进行赛马结果预测。这次，读者的猜测多半会像这样。

大热门——龙见东子，年轻又貌美。此人若是凶手，能使小说更具吸引力。对于牛神贞治遇害，虽表现得最为悲痛，但显做作。

热门——虎田省三，好青年的形象。由于是最不可疑的反而最可疑。

冷门——马本夫妇中的一个。有很明显的侵吞财产的动机，但也可能是作者为误导读者而设定的角色。

大冷门——犬冢米，朴素不惹眼，但也有可能大逆转，变身恶女。

超大冷门——警察之一。有时候会有这样的小说，所以也在考虑之内。

特例——自杀或者假死，甚或集体作案。

完成以上这些猜想之后，读者开始静观其变。因此，不管最终谁是凶手，他们都会想："哼，果然是这样啊，我也想到这一点了。"

"喂，你没问题吧。"我对等着出场的天下一说道，轮到他揭谜底了，"真的连读者也预测不了吗？"

"交给我吧。"天下一充满自信地说。

"但是，这些主要登场人物中，不管谁是凶手，读者都不会吃惊的啊。"

"是啊。"

"你可真有把握。喂，我说，总不会是作者、读者或者侦探是凶手吧！"

"那倒不会。或许那样的结局也在一些读者的预料之中吧。"

天下一语破的，我闷着头暗自叹气。

客厅的门开了，一名部下探出头说："人到齐了。"

"好，那我们开始吧。"

我与天下一走进大厅，案件相关者齐聚一堂。我故意咳嗽一声，说道："嗯，对于这次的案件，天下一有话要说。虽说听这种外行侦探的推理于事无补，但天下一坚持要说，我们姑且听听吧。"我说出了老套的台词。

我还没坐稳，天下一已迈步站在众人前。

"各位，"这也是固有的开场词。"这次的案件很奇特，就连我也一头雾水了。但是，最终还是找出了凶手。"

"谁？"

"是谁？"

案件相关者纷纷问道。

"那是……"天下一环视了一圈在场的人，接着说道，"一名男子。"

一阵喧嚣。

"你，是你吧！"

"不，不是我！"

"也不是我！"

天下一看着吵闹的众人，安抚道：

"各位请听我说。这个凶手，长期以来心甘情愿地生活在牛神贞治的背后。他的画被牛神夺走并当成自己的作品发表，却从没有获得任何回报。他最终爆发了，迄今为止的所有怨恨使他疯狂，杀掉了牛神。"

"那个人是谁呢？"我站起来瞪着那些嫌疑人。

"谁啊？"

"是谁？请快点告诉我们。"

"那个人就是……"天下一煞有介事地深呼吸了一下，继续说道，"就是潜藏在牛神贞治身体中的另一个人格。"

所有人都沉默了，盯着侦探。

"牛神小时候因病动过脑部手术。手术后……（在此省略专业叙述）牛神右脑中产生了另外一个人格，那个人格开始提笔画画。根据我的调查，牛神不是左撇子，但他的画笔上留下的却是左手的指纹。右脑支配左手，所以才会这样。刚才我们看到的那封信的字迹，之所以那么难看，就是因为它是用左手写的。正如我刚才所说，那个人格开始憎恨牛神的主人格，便趁主人格睡着的时候勒他的脖子，又在砂糖中加入农药，但始终没能成功。最终，他持刀刺向胸脯。"

"那画室窗子上的玻璃又为什么全都被打碎了呢？"感到现场气氛不妙，我问道。

"因为玻璃上有牛神的影子。已经错乱的另一个人格，只要看到牛神的身影，就怒不可遏。镜子和台钟的遭遇也基于这一原因。另外，画布之所以被撕得粉碎，是因为上面画着牛神的自画像。"

"哦。"我小声说道，"这和自杀有什么不同吗？"

"有着本质的不同。这是他杀。"天下一对我的话十分不满。

相关者狐疑满腹，表情呆滞。

"嗯，原来是这样啊。"我站起身来，说道，"凶手是另一个人格。哦，我还真没想到这一点。厉害，天下一名侦探果然名不虚传！这次我只好甘拜下风了。"我拼命给天下一捧场。

"这也多亏大河原先生您的帮助啊……"

当啷！不知从哪里飞过来一个东西掉在地上。捡起来一看，是一个空啤酒罐。我们吃了一惊，这时又有一块香蕉皮飞了过来。

"哎呀，这是怎么了？"天下一慌忙用手捂住头。

我突然反应过来。

"是读者！读者发怒了，正往这边扔东西呢。"

话音未落，垃圾和马粪等一起飞了过来。

"哇，救救我！"天下一落荒而逃。

"喂，别丢下我一个人啊！"我也赶紧夹着尾巴逃离现场。

第三章 孤立宅邸的理由 封闭的空间

山路两侧，积雪就像被弄脏的棉花贴在地面上。天很晴，没有一缕风。除了吉普车的发动机声和轮胎防滑链与地面的摩擦声，四周一片令人不安的寂静。

　　"还很远吗？"我问司机。是他开车来车站接我的。

　　"再有五分钟就到了。"穿着毛领夹克的司机不紧不慢地回答。

　　吉普车开始在狭窄的山路上行驶。右侧是直立的峭壁，左侧则是掉下去必坠地狱的悬崖，遇到雪崩之类，这里必定不能通行。看着此景，这次案件的轮廓隐约浮现。

　　"唉，这可真是……大河原警部，您辛苦了。"出来迎接我的，是这所宅邸的主人矢加田传三，一个稍微有点胖也有点老的绅士。他是这一带屈指可数的富豪、纳税大户，对于我们这些公务员来说，是一个很好的赞助人。

　　"好气派的宅邸啊。"我半是真心半是奉承地说。

　　"不敢当不敢当。请自便。"说完，矢加田就朝下一个客人走去。

今天要举行这所宅邸的落成典礼。矢加田在城里有一栋非常气派的豪宅，但由于想在周末回归田园和自然，便又在这里建了一栋别墅。有钱人果然不一样。

今天受邀的本是局长。正巧他慢性腰痛的老毛病发作，这桩好事才轮到了原本排不上号的我。

宽敞的宴会厅里举行着自助酒会。一眼望去，参加者数十人，都是在地方上有头有脸的人物，最起码也是在杂志报纸上露过一两次脸的。

一定要利用好这次机会，把平常吃不到的珍馐吃个够。我正急急忙忙地往盘子里盛东西，却听背后有人叫："晚上好，大河原警部。"

我慌忙回头，只见一个穿着皱巴巴的西装、头发乱蓬蓬、戴着一副圆框眼镜的男子正看着我。他就是这本小说的主人公，天下一大五郎。

"啊，你……"我目瞪口呆，"你也受到邀请了？"

"是啊。不管怎么说，我也小有名气啊。"天下一得意地说着，也不管正身处宴会厅，拿起那根老旧的手杖就骨碌碌地转了起来。

"嗬，好像很了不起哦。不就是碰巧破了那么两桩案子吗？不过是瞎猫碰见了死耗子罢了。"我按惯例说出瞧不起外行侦探的台词。作为配角警察，从角色需要来讲，我必须采取这种态度。

"不说这个了。"天下一突然压低声音，贴近我耳边说道，"看到我们来时的山路，有什么感想？"从语气上来看，他已经脱离了角色。

"很狭窄。"我也离开了小说的世界，不怀好意地笑道，"会很容易被大雪阻隔吧。"

"同感。"天下一连连点头。

"大概很快就会下雪了。而且,我看出绝对是一场很大很大的雪。"

"道路将不能通行,对吧?"

"只怕电话线也会断掉。"

"若是这样,这栋宅邸就会因大雪而封闭了,无法和外界取得联系。"

"这次的案件好像是这种类型啊。"

"好像是。而且,这个作者很喜欢这种模式。但……"我环视四周,说道,"你不觉得登场人物太多了吗?"

"应该没有太大问题,并非所有人都会在这里过夜。可能大部分都会回去,剩下的也就七八个人。"

"果真是那样就好了。"

"肯定不会有错。从作者的能力上看,登场人物再多一些,连他自己都分不清了。"

"也是啊。"我同意他这个比较有说服力的理由。

很快,矢加田开始致欢迎辞,和他关系较亲密的几个人也一一致辞,之后,是一些游戏和助兴节目。现场的气氛热烈起来,时间不知不觉地流逝。

入夜后——正如天下一的预言,或者说这一类小说的固定模式——开始下雪了。而且,客人们也正如预想的一样,大部分开始踏上归途。留下来的除了两个用人,就只有主人矢加田和夫人绫子,以及包括我和天下一在内的五个客人。

宴会结束后,我们被带到以走廊相连的别屋里,继续喝酒。如果错过了这次机会，就再也喝不到这些名酒了。我不客气地大喝起来。其他客人也不愿错失良机，都在畅饮。平日里，几个人聚在一起，至少会有一个不会喝酒。但今晚似乎出现了例外。即使是装得正襟危坐的天下一，喝酒的速度也明显比平日快了。

大家开怀畅饮，不觉喝空了好几瓶白兰地和苏格兰威士忌的时候，电话铃响了。矢加田拿起话筒。

简单说了几句之后，他放下话筒，一脸忧愁地看着我们。

"事情不大好了。"

"怎么？"我问。

"哦，山路上发生了爆炸事故，出现了塌方。道路暂时无法通行了。"

"哎呀……"我不由得看了一眼天下一，看得出来他强忍着笑。我假装咳嗽一声，转向矢加田说道："这起爆炸很奇怪啊。"

"是啊，调查真相也不容易，雪这么大……而且目前最重要的还是力争道路恢复通行。"

"修复这条路要花多长时间？"一个叫大腰一男的客人问道。大腰是矢加田的老朋友，看起来很富有，但不太清楚他从事什么工作。

"雪一停就可以动手修复，但至少也需要明天一整天的时间吧。"矢加田说完，温和地看了大家一眼，又道，"着急也没用。我这里的储备很多，即使各位在这里住一个星期也够。大家就请利用这个机会好好歇息一下吧。"

"那么打扰了。"客人们都点头致谢。

我们继续在房间里喝酒。不知矢加田是故意要让我露脸还是怎么，他问我能否讲讲以前破过的案子。既然对方这么问，我也没什么不好意思的，简单地说了一下"壁神家杀人事件""生首村咒杀事件""无人岛尸体连续消失事件"等。实际上这些案件都是天下一侦破的，但我装作把这点忘记了，完全没有提到他的名字。坐在旁边的天下一也表现出一副无所谓的样子。

当我的叙述告一段落时，大腰一男站起身，支支吾吾地说着"那个……"，东张西望起来。他似乎是想去卫生间，但这里的结构和宴会厅的不一样，一时不知道该怎么走。

"洗手间在这边，我带你去吧。"矢加田迅速起身，带着大腰走出房间。他对大腰可真是照顾啊，其他人去洗手间时都由女佣带路。我心里这样想着。

"有些冷了呢。"绫子夫人说道。

"外面的雪下得很大吧。"客人之一、有着圆圆大鼻子的鼻冈说，"可惜没有窗户，无法看到外面的景象。"

几分钟后，矢加田回来了，吩咐女佣道："酒快没有了，再多拿一些来。"

"不用了，我已经够了。"青年实业家足本摆了摆手，说道，"我好像有点醉了。"

"这是什么话，你还这么年轻。"矢加田又给足本倒了一杯白兰地。看到对方这样殷勤，或许是的确喜欢喝酒，或许是觉得不好意思，足本一脸高兴地把酒杯端到嘴边。

我们又喝了将近一个小时，鼻冈起身前往卫生间，忽又转身说道："咦，大腰先生怎么回事儿？"

"对哦……"女佣一脸不安地看着我们，说道，"他刚才去了洗手间之后就一直没有回来。"

"大概已经回自己的房间休息了，不用担心。"矢加田边说边看了一眼挂在墙上的时钟，又吩咐女佣："还是去看一下吧。"

"大概是烂醉如泥了吧。他喝得太多了。"已近酩酊大醉的足本居然还好意思说别人。

很快，女佣飞奔回来。"大腰先生不在他的房间里。"

"你说什么？"矢加田跳了起来，"我们在宅子里好好找找吧。"

"我也来帮忙。"我站起身。

"我也去。"天下一说道。

最终，全员出动寻找大腰，却没有找到。我通过侧门走到外面看了看，雪已经停了，院子里白茫茫一片。没有一个脚印。

我转过身，发现天下一就在旁边。他正蹲着触摸院子里的雪。

"你在干什么？"

"啊，我是……"天下一站起身，确定周围没人后小声说道，"好像出事了。"

我点点头。

"从剧情发展来看，我也觉得差不多了。净是些喝酒的场面，读者也该厌烦了。"

"这次会是怎样的圈套呢？是猜凶手，还是不可能犯罪？"

"万一又是什么密室……"我不怀好意地说道。

果然，天下一立即一副快要哭出来的表情。"饶了我吧……"

这时，我们听到了矢加田的声音。"警部，大河原警部在哪里？"

"哦，马上过去。"我摆出平常的严肃面孔，回到屋内。

矢加田一看到我便招了招手，"请到这边来。"

在他的带领下，我们走进一个放杂物的房间。打开灯，方才发现这里非常大。看到房间里的摆设时，我们更是目瞪口呆。

这里竟然有缆车！

"这儿为什么会有缆车？"

我问矢加田。

"乘这个可以到后山去。我在后山建了一座有瞭望台的小屋。夏天可以在那里一边喝啤酒，一边往远处眺望。"

"啊，想法果然与众不同。"

"这个缆车怎么了？"天下一问道。

"嗯，有使用过的痕迹。我担心会是大腰先生。"

"哦。"我低声道，"好，那我们也上去看看。"

除了绫子夫人和女佣，我和天下一、矢加田以及另外两个客人都上了缆车。

"啊，真陡啊。"足本看了一眼窗外，感叹道，"步行攀登是根本不可能的吧。"

"大腰先生可真是醉疯了，在这样一个大雪天上什么瞭望台呀。"鼻冈慢吞吞地说道。

"大腰先生不是一个人去的。"天下一说道，"缆车不会自己回来。"

大家纷纷点头，表示同意。

大约十五分钟后，缆车抵达后山的小屋。众人走出小屋，四下寻找。和下面不同，这里还下着细雪，打在脸上生疼。

搜索了大约十分钟，我们发现了大腰的尸体。他就倒在小屋旁，但因大雪覆盖，此前我们都没有看见。大腰后脑勺被人袭击。

以孤岛或封闭的山庄为背景发生命案，这种类型在推理小说的世界中司空见惯。光是天下一侦探系列中，就有好几篇。既然我这个登场人物都这么说，那么准没错儿。当然，正是有读者喜欢看这种类型，作者才会这样写。

我还得做一个附加说明——仅限日本。据评论家说，如今这类作品在欧美已销声匿迹，喜欢它们的只有日本的读者。当然，日本有日本的文化，喜欢欧美人不喜欢的东西，并不能代表日本的读者幼稚或者水平低。想写的作家尽管写，想看的读者尽管看就是了。

只是——请允许我从登场人物的立场说几句。

作者，在构思的时候能再斟酌一下吗？山庄一次又一次因大雪而孤立，孤岛上的别墅一次又一次因暴风雨而隔绝，再喜欢的读者也会厌倦的。即便是我们这些登场人物，都已觉得厌烦了。

案件发生的舞台为什么非要被孤立呢？不孤立又能怎样？

"一个最大的好处，可以限定嫌疑人。"在一旁听我自言自语的天下一插嘴道。

"通过消除外部作案的可能性，更鲜明地将一个原本被认为不可行的作案方式展示在读者面前。今天的案件也不例外。所有人都在房间里，大腰却在山顶上被杀了。但是，我们又想不出其他嫌疑人。不管您愿不愿意，谜团就这样迷雾重重。作家也有作家的想法吧。"

"好处只有这一点吗？"

"不止。比如说，这是从我个人的角度来说的……"天下一伸手挠了一下鼻梁左侧，说道，"这种小说的魅力在于侦探这个角色孤军奋战。一旦有警察加入，使用科学调查或者人海战术，就会极大破坏智力游戏的氛围。把舞台孤立起来，就使案件成为纯粹的凶手和名侦探之间的对决。"

自称名侦探，竟然还有这种人！我心里暗笑，不由得多看了天下一几眼。他似乎误解了我的意思，连连点头。

"从凶手的角度来说也有好处，这一点也不能忽略。若舞台孤立，警方就无法介入，案件相关人员也无法逃脱。凶手可借机一个接一个地将相关者都杀掉。他要是愿意，在杀掉所有人之后，还会自杀。这种类型的名作是有的。"

"那如果凶手只打算杀一个人，就没有必要孤立了吧？"

"也不见得。可能侦探在破案的时候需要。"

"哦。这样做的好处我明白了，但是也有缺点啊。从凶手的角度来说，嫌疑人越多越好。但在嫌疑人的范围被限定的情况下作案，无论怎么想都有些不自然。"

"的确是这样。"天下一苦着脸说道。

"凶手为什么会选择这样的地方呢？每次读这类推理小说我都会想，要是在大街上神出鬼没地杀人，被抓住的可能性会更低一些。"

"唔。"天下一把双臂抱在胸前，说道，"这样说就没意思了。"

"对吧。所以很讨厌这种类型的故事，从头到尾都不自然，就像一个人工的世界。"

"但是，这次没问题。"天下一满怀自信地说道，"这宗案件能够消除您的不满。"

"是吗？要是这样就好了。"

"没问题没问题，您就等着瞧吧。"侦探大笑着，起身离去。

在小说的世界里，我开始向相关人员了解情况，得到以下信息：

足本借了大腰的钱，大腰一直在催他还。
鼻冈喜欢大腰的妻子。
矢加田夫妇是好人。
用人与大腰素昧平生。

据此，我将足本和鼻冈列为重点怀疑对象。我很清楚这两个人绝对不是凶手，但是，在这里将他们列为嫌疑人，让情况看起来更加复杂，正是我在天下一侦探系列中的任务。

"啊，这下可难办了。"案发次日早上，我坐在沙发上，挠着头，说出了我的经典台词——"到底是怎么回事呢？这次我可真是没有办法了。"

这时，矢加田出现了。"连您也没有办法了？"

"啊，真丢脸。"我皱着眉头，说道，"已经锁定了嫌疑人，但不知道他们的作案方法。当时没有人长时间离席。要上山顶，即便使用缆车，单程也要十五分钟。"

"那么，有可能是自杀吗？"

"不可能。从来没有听说过重击自己后脑勺的自杀方法。"

"那有可能是意外事故吗？"

我沉吟一番，说道："哦，这个倒是有可能的。喝醉了的大腰，晕晕乎乎地坐上缆车到了山顶小屋，下缆车的时候不知怎的撞到了后脑勺，有可能是这样。然后，又不知怎的摁下了缆车的开关，空空的缆车回到了这里……"

"不知怎的"，对于像我这样的配角警察来说，是个很好用的词。

"对，没错，肯定就是那样。"我拍了拍手，说道，"矢加田先生，一定是意外事故。只有这种可能性。"

这时，天下一出现在房间门口。"请大家都到这边来。"

"什么？"

"有什么事啊？"

简直就像事先安排好了一样，所有人以天下一为中心围成扇形。

"干吗？干吗？"我大声吼道，"想干什么啊，你！"

天下一看了我一眼，微笑道：

"很明显，我是来给大家揭开谜底的。我知道是谁杀了大腰。"

"杀害？哈……"我以嘲笑的口吻说，"那是意外事故，刚才我已经查明了。"

"不，警部，是他杀。"他环顾在场众人，"凶手就在我们中间。"

所有人都惊呼起来。

"是谁啊？"鼻冈问。

"谁是凶手啊？"足本也问。

矢加田也接着问："您说到底是谁杀了大腰先生呢？"

天下一深呼吸一口，慢慢将视线转移到矢加田身上，隔着圆框眼镜死死地盯住他，说道：

"凶手就是——你，矢加田先生！"

除了矢加田，所有人都发出一声惊叫，将视线投在矢加田身上。

这座宅邸的主人坐在那里一动不动。过了一会儿，他挺起胸脯，对侦探说："怎么可能？我想大家都知道，那段时间我和大家一样待在房间里。"

"是啊，天下一。"我也支持这一说法，"矢加田先生没有作案时间。"

"当真？"天下一侦探颇有自信地说道，"大河原警部您应该也还记得吧？大腰先生接触的最后一个人是矢加田先生。我记得是矢加田先生带他去洗手间的。"

"太可笑了。我和他在一起顶多也就两三分钟。"矢加田苦笑道。

"哪怕只有两三分钟……"天下一说道，"敲一下后脑勺还是能够做到的。"

"两三分钟虽然能杀人，但是不可能搬到山顶上去吧。"我说。

天下一冷笑道："那是可能的。"

"怎么可能！"

"真的。你们如果觉得我在说谎，请跟我来。"

天下一转身走开。我跟在他后面，其他人也跟了上来。

他穿过走廊，像是往洗手间的方向走。出人意料的是，他经过洗手间，径直走到走廊尽头。那里也有一扇门。

"你们看。"天下一打开了门。

在场的所有人都发出惊叫。这也难怪。门外是一个被大雪覆盖的斜坡。冷风夹着细雪猛烈地刮了进来。

"这里，不是山……山顶吗？"鼻冈惊讶得都口吃了。

"不错。"天下一说道，"我们，不，这间别屋，在无人察觉的情况下来到了山顶。这座宅邸有这样的装置。"

"什么？赶紧跟我们说明一下。"

"装置很简单，不过把这整间别屋做成了一个巨大的缆车而已。只是，它的移动速度非常缓慢，单程大概也需要一个小时。因此，我们在屋内注意不到它的移动。”

"昨天晚上我们也是这样来到了山顶吗？"鼻冈问道。

"是的。在这种状态下，矢加田杀了大腰，从这个紧急出口将他推出去，又让房子返回原处。在此期间，为了不让我们发现，矢加田在房间里使劲儿劝酒。因为他害怕大家回到各自房间之后会透过窗户发现异常。当大腰失踪引发骚动的时候，矢加田起初还说不用担心。然而，当他看了时钟，知道时间已经足够后，马上带着大家寻找起来。怎么样，矢加田先生？我的推理有什么错误吗？"

矢加田不发一语，站在那里像冻僵了似的一动不动。

"你是怎么发现的呢？"我问天下一。

他微笑道："在我们寻找大腰先生的时候，我和您一起到院子里去了，对吧？那时我就觉得奇怪——附着在这座建筑物上的雪和院子里堆积的雪完全不同。简直就像只有这座建筑物去了很高的地方一样。"

"实际上的确只有建筑物移动了。啊，服了，这次我可真的输给你了。"我说出一贯的台词，开始称赞名侦探。

矢加田突然跪倒在地。

"所有的都和您说的一样。我做过强盗，以那时抢来的钱为资本，才有了今天的地位。然而，当时的同伙大腰，却总以往事相要挟，向我勒索。我已经给他好几千万了。我实在无法忍受下去，便决定杀了他。之所以建这栋宅子，也是出于这个目的。我对这个计谋特别自信，也为了日后不被他人怀疑，特意邀请了名侦探天下一先生。"

"这个想法有些幼稚啊。"

"好像是这样。"矢加田垂头丧气地说。

天下一有些不忍地低头看了看矢加田，突然抬起头来，一脸得意地看着我，说道：

"怎么样？大河原先生。这次的案件，有什么不自然的地方吗？凶手特意将被害者叫到这里，是因为这种计谋只能在这里才可行。通过爆破使宅子孤立的原因，想必您也明白。要是有人目击建筑物往山顶移动，那就完了。"

"是啊。"我点头说道，"这次是以建筑物为机关啊。可是……"我没有再说下去。

"可是什么？"天下一追问道。

"啊，没什么……"

既然花费那么多钱制造这一装置，不如干脆雇一个杀手，不是更快吗？这种念头在我的脑海盘旋。但是，在本格推理小说中，这些话是不能说的。

第四章　最后一句话　死亡密码

这具尸体可真是惨不忍睹。刚到案发现场时，早已看惯尸体的我也不由得惊呼起来。

被害人王泽源一郎，七十岁左右，王泽物产的社长。案发地点是自家二层的书斋。被害者倒在窗户大开的窗沿上。额头至头顶被劈开，鲜血覆盖面部。现场的第一发现人是服务多年的女佣。听说，她双腿发软，瘫坐在地上哭了起来。这也难怪。

凶器留在了现场，像是一个用高级晶体玻璃做的镇纸。上面没有指纹，大概被凶手擦掉了。

看来当时，王泽源一郎正在书斋里练习书法。宽大的书桌上摆放着盛着墨的砚台，铺着练习书法用的纸垫。

"警部，请过来一下。"在现场勘查的一个部下叫我。

"什么事？"

"请看这里。"部下指着桌椅之间，说道。

"啊！"我不由得发出了一声惊叫。

深褐色的地毯表面，用墨汁写着几个像是文字的东西。不，这种说法不太准确，因为那就是文字。

"旁边还有这个。"部下递过一支蘸着墨汁的毛笔。

"哦。"我略一低吟，再次看向地毯上的文字。那好像是英文字母。"是 W……E……X 吧。"

"可以这样读啊。"旁边有人说话，但与部下的声音不同。我转头一看，是一个头发乱蓬蓬、穿着皱巴巴的西装、戴着圆框眼镜的男子，正专心地看着地板。

"哇！"我往后退了一步，"怎么回事，又是怎么回事啊你！"

"是我，大河原警部。"男子骨碌碌地转着手中的手杖，"头脑清晰、博学多才、行动力超群的名侦探天下一大五郎啊。"

"真是非常详细的自我介绍啊。"我一脸扫兴。

"由于作者缺乏描写能力，只能我自己说了。"

"哦，比起在文章中被长篇大论地介绍要好些。啊，这都无所谓。你怎么会出现在这里？无关者禁止入内。"

"是被害人王泽社长雇我来的。他拜托我去调查某人的行踪。"

"谁？"

"原则上我不能说出实情，但既然委托人已经死了，也就没问题了。是王泽社长的夫人，两年前进门的继室。好像才三十出头。正因为年轻，而且美貌，王泽社长非常担心。实际上，他感觉她最近有些不对劲儿，所以才托我调查她。"

"这种事情好像经常有啊。那么，调查结果呢？"

"还没有完全调查清楚。好像有情人，但不知道姓名。我本想向他报告一下进展，没想到他成了这个样子，也没法要调查费……

真是一大损失啊。"天下一说着，又挠了一下乱蓬蓬的头。

"真是可怜。啊，既然有这种事情，那我就先从你开始问话。到另外一个房间候着吧。"我如赶苍蝇般挥手道。

天下一无视我的命令，再次往桌下看去。

"警部先生，这次可是一起很有意思的案件啊。"

"你就逞能吧。这里可不是你这种外行侦探能插手的，一边歇着去。"我说起每次都会说的那种说辞。

"哦，W、E、X……"天下一一脸困惑，但是，看了一眼周围之后，他向我递了个眼色，"大河原先生，这次好像是'那个'啊。"

从他的表情来看，现在的他已经不是小说的主人公，而成了评论者。

"是啊，是'那个'。"我小心地注意着周围的动静，压低声音说道，"所谓的死亡密码。"

"可真麻烦啊。"

"是啊。"我皱起了眉头，"对作者来说，可以通过这种简单的方式制造出迷雾般的氛围，增加悬疑效果。但是，在通常情况下，故事会因此变得不真实。"

"当然会变得不真实。一个马上就要死的人，哪里还会有时间留下什么死亡密码！"

"是啊，不过我们只能尽力配合了。而且，在小说与现实中频繁发生的杀人事件里，在那么多被害人中，有那么一两位在临死之际想要揭露凶手真面目的，也不足为奇吧。"

"对这一点还可以睁一只眼闭一只眼，但死者为什么非要写那种跟暗号一样的东西呢？直接把凶手的名字写出来不就行了。"

"关于这一点，埃勒里·奎因①在作品中借角色之口说过：在濒死之际这个神秘的瞬间，头脑的飞跃将会变得没有界限。意思就是说，人在死亡之际会想什么，我们无法知道。"

"好勉强的说明啊。"天下一嘲笑道。

"我就明说吧。"我以手掩口，小声说道，"要是直接把凶手的名字写出来，就无法成为推理小说了。"

"但简简单单地设置一个谜，无异于自己扼杀自己。"

"在这里抱怨也没有用，反正这次的主题就是解开这个密码。"说完，我又回归小说中的人物身份，双手抱臂，陷入沉思。

"嗯，W、E、X……这到底是什么意思呢？要是知道了这三个字母的意思，逮捕凶手就只是时间问题了。"

天下一却丝毫没有要回到小说世界中的意思，无精打采地说道：

"断定那几个符号就是W、E、X也很奇怪啊，只是看起来像那几个字母而已吧。不进一步做出准确的说明，对读者不公平。"

"那应该怎么说才好呢？"

"比如，您认为的那个W，其实并不是一个非常漂亮的W，更像一个大V和一个小V的组合。而且，小V的下部有点分开，大V则是扁平的。那个X，看起来也有些扭曲。"

"这当然，但如果说得这么详细，不就被读者看穿了吗？首先得误导一下读者。"

"所以我才说不公平嘛。而且，虽然作者可以这么做，但是如今的读者可不像以前那样容易上当了。"

---

① 曼弗雷德·班宁顿·李（1905－1971）与弗雷德里克·丹奈（1905－1982）这对表兄弟合用的笔名，美国推理小说史上承前启后的经典作家。

"这一点作者也知道。快，别发牢骚了，回到小说中来吧。"我抓住天下一的衣袖，把他拽回虚构的世界。

现场勘查完毕之后，我开始向相关者打听案情。那天，家里共有四人，分别是王泽社长的妻子友美惠、女儿洋子、女婿谦介，还有女佣辰子。只是平日家中出入人多，也不排除其他人进入王泽源一郎的书斋的可能性。

"今天不是休息日，王泽源一郎先生为什么不去公司，而待在家里呢？"我问道。

"我丈夫是社长，但是常务工作都全权委托给了副社长良一。所以，最近一般都待在家里。"年轻的太太友美惠说道。她长得非常漂亮，难怪丈夫会担心红杏出墙。

据说，良一是源一郎的儿子。不光良一，王泽家族的所有男性都在家族的公司上班。

我看了一眼上门女婿王泽谦介。"听说你也在王泽物产工作，今天为什么没去呢？"

"我今天休假。"谦介一副惶恐的样子。

"为什么？"

"也没什么特别的理由。只是因为前一段时间在假期上过班，今天算是轮休。"

"哦。"

接着我开始问他们在事发时，也就是下午三点左右，都待在哪里。按照他们的说法，友美惠在院子里修剪花草，辰子在厨房准备晚餐，谦介和洋子则在院子里的网球场中打网球。从网球场能看到二楼书斋的窗户，但两人打得太起劲儿，并没有注意到二楼的异样。

然后，我开始分别问话。很快，打听到一些似乎有参考价值的信息。比如，当我问起有没有人恨王泽源一郎的时候，王泽谦介提供了这样的信息。

"虽然这么说一位死者并不好，但是说实话，有很多人恨他，特别是下属。我岳父独断专行，而且从来不讲情面。即便是在公司待了很多年、贡献很大的老员工，他也会非常轻易地把他们辞掉。岳父的口头禅是：舍小我，顾大我。"

另外，虽然源一郎是在练习书法的时候被害的，但我向友美惠打听此事的时候，她却这样告诉我们：

"写得不好，只是喜欢。明明不在行，还非要把书法当成兴趣。他的乐趣之一就是把喜欢的名言写在宣纸上送人，也不管人家乐不乐意。"

对于破案最为有利的信息是洋子提供的。她说她大概知道友美惠的情人是谁。

"是个珠宝商，经常出入我家。一次偶然的机会，我看见那个男的和友美惠在外面约会。"

"那人叫什么？"

"江岛涉。"

"EJIMA、WATARU①。"我高兴地拍了一下手，"W……E……"我马上下令传讯江岛涉，但只能作为嫌疑人对待。

"快招供！"我使劲儿拍着侦讯室的桌子。江岛坐在桌子对面，

---

①日文中，"江岛"读作 EJIMA，"涉"读作 WATARU。

脸色苍白。"你和友美惠有染。源一郎发现了，要离婚。这样她就得不到源一郎的财产了。于是，你们合谋杀害了源一郎，是吧？"

"不是，不是！"温文儒雅的江岛都快哭了。

"哼，你装糊涂也没有用。源一郎在濒死的时候已经把你名字写了下来。W、E、X。你名字的开头字母不就是 W、E 吗？"

"那 X 是什么呢？"

"那个啊……那是凶手的意思。不是有什么怪盗 X 吗？"

"太牵强了！"江岛哭了起来。

不久便出现了一个意外，即江岛有无懈可击的不在场证明。不管怎样安排时间，他也不可能杀掉源一郎。

"啊，这是怎么一回事儿啊？"我看着那三个英文字母，陷入了沉思，"我还以为自己出色地破了案呢。"

实际上，我并不怎么失望。不，或者说，我压根儿就没有认为江岛是凶手。以死亡密码 W、E、X 来表示凶手名字的简称，也太把读者当作傻瓜了吧。正像天下一所说，这不过是起到误导的作用。可以说，这个什么江岛涉的出场，只不过是作者设计的一个不太高明的圈套。

聪明的读者可能早已发现了，把这几个文字当成英文字母来读本身就是错误的，应该横过来或者反过来读才对。但是，我在天下一系列中的使命，就是进行一些不着边际的推理和重复错误的调查。为此，我还要将这个错误坚持一会儿。

"喂，你……"我叫了一声年轻的刑警，"有 WEX 这样的英文单词吗？"

"我想没有。"他很干脆地回答。

"那你知道有什么相似的词汇吗？"

"有 WAX，是蜡。还有 WET，潮湿的。"

"哦，无论哪个都没有什么关系啊。"我仍旧进行着没有任何意义的推理。

这时，天下一出现了。"您好像很为难啊。"

"你这是干什么？警察的会议室，不能随便进来！"

"您先别这么说，先听我说完。我啊，对于王泽源一郎死在窗边非常在意。他应该是在桌旁被击中头部的，死亡密码也是在桌旁写下的。可为什么他倒在窗沿上呢？"

"应该不是当场死亡，是他自己移到那个地方去的吧。"

"为什么？"

"这个嘛……人在临死前想什么我们是不会知道的。"

"我觉得他有目的。源一郎很少打开窗子，说不定他往下扔了什么东西。"

"……有点道理。"我想了一会儿，对部下下令："去窗子下方彻底搜查一番，说不定掉下去了什么东西。"然后，我看着天下一："我不是听了你的建议才这么做的，而是我觉得有那种可能性。"

"是啊。"天下一嗤笑道。

不一会儿，一个部下回来了，表情奇特。

"警部，在草丛中发现了这个。"

他递过一张宣纸。上面有斑斑血迹，这是案发时王泽源一郎写的东西。

"嗯，这是什么啊？"我看到上面的文字，开始思考。

宣纸左上方写着"休"，右边写着"王"，其下还写着"泽"。

"这肯定是汉字。"天下一看着宣纸，说道。

"休、王、泽……啊，我知道了。"我下令："把王泽谦介给我带过来！"

目送部下离开之后，天下一问我："为什么认定谦介是凶手呢？"

"这你还不明白？"我笑了笑，摸了一下髭须，说道，"源一郎在宣纸上写下了凶手的名字——王泽。"

"但他家里的所有人都姓王泽啊。"

"不还有一个'休'吗？这就是最关键的证据。"

"什么意思？"

"在案发当日，王泽谦介没有去公司上班，在家休息。源一郎想告诉我们，凶手是在家休息的王泽，也就是，休、王、泽。"

"那个又怎么解释呢？W、E、X。"

"啊，那个啊，"我拔了一根鼻毛，说道，"应该和案件没有关系。"

"哦。"天下一双手抱臂，歪着头，说道，"真牵强啊。"

"有什么不对吗？"我闭上一只眼睛，给他递了一个眼色，说道，"反正我在这篇小说中的使命就是胡乱进行推理。"

王泽谦介被带来了。我照例开始厉声讯问。当然，他极力否认。我让部下对谦介最近的情况和人际关系进行彻查，不知道应该说是意外还是正如所料，不管怎么查，也无法找到他杀害源一郎的动机。而且，案发时谦介和洋子在打网球，这一点没有疑问。就这样，排除了谦介的嫌疑。

"啊，到底是怎么回事呢？这次我可真是没有办法了。"我说出迟早会说的那句台词，垂头丧气地摇了摇头。至此，我在这篇小说中的使命就完成了。

在此之后，又有了一些新的证词，出现了一些比较可疑或者怎么看都不可疑的人物，一些乍一看没有任何关联的小插曲，然后故事走向终结。天下一则在源一郎的书斋里找出一些典故谚语之类的书翻来翻去。煞有介事，而不说明目的，也是这类侦探的特征。我也不去深究，只是按照惯例说了句："啊，反正也是外行侦探的外行想法，不过是在做一些无用功罢了。"

终于到了揭开谜底的时候。天下一侦探让所有和案件相关的人都在大会客厅里集合。

"各位，"侦探环视一圈，说出了他那千篇一律的开场白，"这次的案件，真的很有意思。在我的记忆中，还没有遇到过如此奇特的案件。这是一场精心策划的犯罪。我打心底里对凶手佩服不已。"

这番话无异于在说，如此精心策划的犯罪，落到自己手中，也会被识破。天下一在自吹自擂。

"首先让我感到疑惑的是，源一郎为什么会在自己家中被人杀害，凶手为什么会冒着危险潜入王泽家。这一点，正是解决这次案件的关键所在。"

侦探唾沫飞溅，使用了各种表达方式，但多半言之无物。他刚才所说的那些，如果简单地概括一下，即凶手想让人误以为真凶是源一郎的家人。就这么一点内容，我们的侦探却啰唆到现在。

在进行了一番装模作样的铺垫之后，他的解谜行动渐入佳境。

"啊，说到这里，大概已经有人知道凶手是谁了。对，凶手只有一个人。那就是你！"天下一指着的，是山田一夫。

这个山田，其实在故事初期便出现在大家面前。只是作者故意不着太多笔墨，为的是不让读者对此人留下太深的印象。按照通常的想法，这个人是最不可疑的那个。

"山田先生常年为了公司辛勤劳作，你痛恨源一郎的背弃，于是犯下了罪行，对吗？"

山田没有否认天下一的话，垂头丧气地站在那里。

"我们公司从很早之前就开始向政治家行贿。这种事情一直由我来负责。但当事情快要败露的时候，社长却把所有的责任都推给我，说什么为了大我牺牲小我……"山田哽咽起来。

我的部下给山田戴上手铐。他被带走后，现场一片唏嘘。

"没想到啊，竟然是那么善良的山田先生。"

"也是被逼无奈啊。"

这时，我突然回过神来。

"喂，等一下，天下一。虽然我们找到了凶手，但是最重要的那个死亡密码呢？你还没有解释呢。"

"对啊对啊，那个我一直不明白。"

"怎么回事？"

"这是偷懒啊！"

其他登场人物也开始抱怨起来。

"好了好了。"天下一做出了一个让大家安静的手势。"知道了，知道了，现在就给你们揭开谜底吧。"他咳嗽了一声，说道，"正如大家所知，源一郎是在练习书法的时候被杀的。但是，他并没有当场死亡。他拿起桌子上的宣纸和毛笔，准备留下破案的信息。他知道洋子小姐在下面打网球，就想写在宣纸上从窗子扔下去，告诉他们。"

"啊，可怜的爸爸啊。"洋子的戏演得很拙劣。

"但是，这其中却出现了一点障碍。"

"是什么呢？"我问。

"那就是脸上的血。由于鲜血覆盖了面部，源一郎无法睁开眼睛，只能在一种看不见任何东西的状态下写字。结果，有些字写过了界，印在了地板上。那就是地板上留下的看起来像 W、E、X 的那几个字。然而，说这些是老年人源一郎写的英文字母，太过牵强。我在多方调查之后，发现这三个字其实是片假名。"天下一在纸上写出了和地板上的那几个符号一样的文字，然后反过来让大家看。"这样看，大家就明白了吧。W 其实是 ヘ，E 其实是 ヨ，X 其实是 ャ。"

"啊？"

虽然是一望而知的谜，但为了配合故事情节进展，我们还是装出一副非常佩服的样子。

"但这样也还不明白是什么意思啊。"

"还有宣纸上面的那几个字呢。宣纸上写着 休、王、泽。仅凭这些，我们怎么也不会明白的。我在想，是不是原本这张宣纸上就写着什么东西，后来又写上了死亡密码，才变成了这种意思不明的文字呢？原来的宣纸上到底写着什么呢？"天下一拿出了一本典故谚语词典，在大家面前打开。"山田先生也曾经说过，'舍小我，顾大我'是源一郎奉行的信条。这里便有表达那种意思的成语。那就是孟子的话：枉尺而直寻。一寻指八尺，意思是为了让八尺变直，牺牲一尺也没关系。这个意思是用汉字表达的。"

天下一在纸上写下"枉尺直寻"四个汉字。

"源一郎写完'枉尺'之后就被袭击了。也就是说，他不是并列写了'休'和'王'两个字，而是在'枉'的左侧写了一个片假名'イ'，他也不是要写'泽'①，而是在'尺'的旁边写了一个片假名'シ'。"

"这么说来，源一郎留下的信息是……"

"宣纸上的文字和地毯上的加起来便成了这样。这就是源一郎在濒死之际留下的最后信息。"

天下一把纸放在大家面前，上面这样写着：

イシャヨベ②

"啊……"

所有人的脸都沉了下来，旋即露出"恍然大悟"的表情。

---

①日文写作"沢"。
②意思是：快叫大夫。

第五章 不在场证明宣言 时刻表诡计

在轻井泽①的酒店中，发生了一起年轻女子被杀事件。于是，轮到我，大河原番三登场了。您可能会问：你这家伙，什么时候到长野县去当警察了？但在这种时候，我希望您还是不要那么认真。

我们很快确认了被害人的身份。她是在东京 AB 电机公司工作的白领，古井株子，隶属资材部，是个任职已十年的老员工。

株子是在一张双人床上被杀的。发现人是宾馆的服务生，据说由于头部盖着毛毯，服务生还以为她睡着了。然而，不论是叫，还是推，她都没有动静，掀开毛毯，才发现赤身裸体的株子双眼圆睁，已经断气。

解剖分析，死者被杀于昨天，即周六傍晚五点到夜里九点之间。宾馆前台声称，预订房间的是株子本人，昨天傍晚五点开房并办理入住手续的也是她本人。据前台人员回忆，当时没有人跟她在一起。

---

①日本著名的旅游胜地，位于长野县东南部。

房间内发现了几根毛发，经过验证，是株子本人的。没有发现任何性交的痕迹。但是，洗手间的马桶座圈是掀起来的，这一点引起了我们的注意。

"一个女人不会独自住双人房。唯一的可能就是，还有一个男子，而那人把她杀掉了。肯定是这样。"对于我在调查会议上的发言，其他警察纷纷点头称是。

"不，这可不一定啊。"有人唱起了反调。

"也可能是女同性恋。将马桶座圈掀上去，只怕是为了掩人耳目。"

"可是，从一般想法来看……"说到这里，我惊讶得张大了嘴巴。因为那个以皱巴巴的西装、乱蓬蓬的头发、圆框眼镜和手杖为特征的天下一大五郎竟混在与会的警察中间。您应该知道——哦，不，可能不知道的人也很多吧——这就是我们天下一侦探系列的主人公。

"啊……喂喂喂……"我指着他脏兮兮的头，说道，"你，怎么，你怎么会在这里？这可不是你这种外行侦探来的地方。请出去！"

"这个……"天下一使劲儿挠了挠头，说道，"这次我是扮演警察角色的啊。"

"啊，警察？怎么回事？"

"大概是像我这样的古典型侦探不太适合这次的案件吧。要是出现大富豪在封闭的宅子中被杀，或者在住满奇怪人物的街道上发生连续杀人事件，倒是能凸显我的形象。"

"这次的案发现场是避暑胜地的酒店，被害人又是一个职业女性……这确实不太适合你啊。"

"对吧。"

"但是，这次为什么作者会这样写呢？那种让人心惊肉跳的气氛才应该是天下一系列的卖点啊。"

"似乎是和本案凶手所使用的诡计有关。只有这种充满现代感的氛围才能与这次的诡计匹配。"

"哦，是吗？那就没办法了，你就当警察吧。可是，你这身打扮可不行，赶紧换衣服。"

"这样果然不行啊。"天下一挠着头皮走了出去。

警方开始调查被害人的人际关系，尤其是男女关系。这次的故事和以往那种单纯依靠一个名侦探进行调查的模式不同，因此进展非常顺利。各种证据接连浮出水面。

我们首先查到的，便是古井株子的前男友，在同一家公司工作的只野一郎。因为爱恨纠缠而一时冲动杀人的可能性也很大，因此我们马上开始着手调查。

只野不胖不瘦不高不矮，长着一张无论见几次都不会记住的大众脸。他承认自己曾经和株子交往过，但坚称如今已毫无瓜葛。

"但是有人说，古井小姐一直想和你恢复交往，不是吗？"在公司大堂里，我问只野。在现实中根本没有警官会亲自来问这些事情。但如果警官仅仅坐在搜查本部，小说就无趣了，因此才忽略常识。

"开玩笑！"只野瞪大了眼睛，"我刚结了婚，为什么要和她交往？首先，我和她的关系并不像旁人所想的那样。不过是她在工作上帮过我的忙，我请她吃过两次饭而已。但是，她好像有些误会，总将此事挂在嘴边，我可因此惹了不少麻烦。"

"你们一起去过宾馆吗？"

"没有。怎么可能会有这事！"只野的大众脸上浮现出典型的愤怒表情。

"我知道了。那你能告诉我，案发当晚，你在哪里吗？这只是一种形式上的调查，你完全不必那么紧张。"

这就是所谓"不在场证明"的调查。现在，敏感的甚至并不怎么敏感的读者或许也已经察觉这次的诡计是哪一种类型了吧。

对于我的问题，只野一郎一脸不悦地回答：

"哦，那天晚上啊，我和我妻子在家里看录像。"

"有证明吗？有没有人给你打过电话，或者有人去过你家？"

"啊，这个正巧……"只野很为难地说道，"你去问问我妻子就知道了。"

"哦。"亲属的证言不能作为证据，就连读者都知道这一点。于是我在笔记本上写下："没有不在场证明。"

"只野应该不是凶手。"只野走后，旁边突然响起一个声音。我转头一看，天下一抱着胳膊，若有所思。

"啊……"我差点摔到地上，"你什么时候出现的？"

"我一直在这里啊。这次我演的角色是您的同僚啊。"

"哦哦。就像那个华生吗？"

"嗯，这个嘛……"天下一嘿嘿一笑。

"算了算了。对了，你刚才说什么来着，只野不是凶手？为什么？"

"他没有不在场证明。"

"你说话可真奇怪，正因为没有不在场证明才可疑啊。"我说。

天下一哈哈大笑，笑得让人毛骨悚然。

"这么显而易见的事情，您还不明白？我就说啊，这次的诡计是……"

我急忙伸手制止了他。

"喂喂，你可不能在这个时候就把结果都说出来。"

"可读者们都已经发现了啊。刚才大河原先生您不是也这么说了吗？"

"虽然如此，在听到'那个宣言'之前，我们都要装作不知道的样子，这是起码的礼貌。"

"哈哈，的确。'那个宣言'……"天下一歪着头，说道，"做出'那个宣言'的时候，正是这种类型的小说驶向高潮的时候，好吧。"

"那个宣言"究竟是什么呢？各位，请接着往下读就知道了。

我开始一一询问只野之外的其他相关者。询问内容各异，只有一点相同——"案发时你在哪里？"迄今尚无人有明确的不在场证明。

那个男人被写进嫌疑人名单，是在案发后的第四天。他叫蚁场耕作，是生产设备科的科长。传闻最近他和一个客户勾结，收取贿赂，泄露其他竞标公司的投标价格。据说古井株子也参与其中。由于没有确凿的证据，调查只能私下进行。

害怕渎职行为被曝光而杀掉同伙古井株子，也有这种可能性。

我们决定传讯蚁场耕作。

蚁场身材瘦削，有些病恹恹的。当我们若无其事地暗示其渎职行为的时候，他的脸红了起来。

"绝无此事！说我受贿，这简直……简直太可怕了！这纯粹是谣言，是捏造。是嫉妒我成为公司里的精英，故意陷害我而散布的谣言，肯定是这样。"

据我们的调查，没有人说过蚁场是什么精英，他自己却这么说。

"你和古井株子关系很好，这是事实吧？"

"这也是谣言。只是因为工作上的关系说过几次话而已。如果就因此而怀疑我……"他表现得很无辜。

"知道了。"我合上笔记本，说道，"对不起，打扰了。我们可能还会找你了解情况，到时希望你能配合。"

刚才还因被怀疑而浑身颤抖的蚁场瞪大了眼睛，说道："啊，这就完了？"

"对，你辛苦了。"

"啊……这个……可是……"蚁场用一种求助的眼神看着旁边的天下一，说道，"你是不是忘了一个问题？"

"啊……"天下一似乎想起了什么，惊叫起来，然后用胳膊肘捅了我一下，"大河原先生，那个问题……"

"啊，什么？"

"那个啊，那——个——"

"啊？啊……啊，是啊。我差点忘了。"我咳嗽一声，转向蚁场，问道："最后请允许我再问你一个问题。请问古井小姐被杀当晚，你在哪里？"

蚁场露出一丝不易觉察的微笑，似乎又马上想起了自己的立场，皱眉道：

"这就是不在场证明的调查吗？不是一个让人舒服的话题啊。"

"请见谅，对每一个相关人我都会问这个问题。"

"那就没办法了。"蚁场拿过了一旁的笔记本，非常夸张地开始翻页，然后停了下来，说道，"啊，那天晚上啊……"

"你在哪里呢？"天下一问道。

在接下来的那一瞬，蚁场哼了一声，挺起胸脯，眼睛像是发着光，深呼吸了一下，一口气说道：

"那天晚上，我因公务去了大阪，入住新大阪站附近的宾馆。入住时间是晚上十一点之后，你只要调查一下就知道了。当时我还和替我搬运行李的宾馆服务生交谈过，你如果给他看一下我的照片，他应该能确定是我。我觉得他肯定不会忘了我。因为为了防止这样的事情发生，我让他仔细地看过我的脸。但如果仅仅如此，你们也可能认定我是在作案后急忙赶到大阪的。但是，从轻井泽出发，乘信越本线到长野需要一个小时，乘筱之井线和中央本线从长野到名古屋需要约三个小时，而从名古屋到大阪，即便乘坐新干线也要一个小时。如果将等待的时间也算在内，五点离开轻井泽的宾馆应该能赶得及。但是，实际上不可能。我这么说，是因为，嘿嘿嘿，是因为，我在四点之前一直在公司里。那天是周六，我在加班。警卫应该可以证明这一点。我在离开公司时还跟他打了招呼。当然，那时我也让他仔仔细细地看了我的脸，所以应该会记得。那么，如果四点从公司出发，到达上野站最早也得四点半。然后，即便马上就乘坐上越新干线，到达轻井泽的酒店也得六点四十分左右。我在那里杀掉株子再返回轻井泽站，应该接近七点半了。这样，经由长野去大阪就太晚了。那么，回一下东京又如何呢？赶紧坐上新干线，到东京最早也得九点半，已经没有到新大阪站的新干线了。嘿嘿嘿，没有了啊。即便有，坐上'希望号'①也得花两个半小时，到达大阪得在十二点之后了。总而言之啊，我，有着完美的不在场证明。嘿嘿嘿，嘿嘿嘿。"

像是遇到了人生中最快乐的事情，蚁场耕作一脸幸福地说着，口水都从嘴角流出来了。

这便是所谓的"不在场证明宣言"了。

"看啊看啊，"和蚁场耕作分别后，天下一一脸不耐烦地说道，"'拆穿不在场证明'类故事中，凶手还是这副德行。"

"也不能这么说。对于那些人来说，这就是他们最幸福的时候啊。"

"可是，即便如此，这家伙说得也太多了。又不是演员，在现实生活中，哪有人那么准确地把握好时间行动呢？"

"辛辛苦苦做出来的不在场证明，终于有了发表的机会，当然卖力了。"

"我也不是不知道。但说实话，我可不擅长这种'拆穿不在场证明'类故事。"

"是啊，因为你不是这种类型的侦探。拆穿不在场证明的，要么是警察，要么是自由撰稿人。"

"为什么？"

"这个……"我歪了歪脑袋，自言自语，"是啊，为什么呢？"

"主人公的角色就暂不说了。在拆穿不在场证明类故事中，猜测凶手或者推理动机的乐趣不大。我总是觉得，那个不符合我的兴趣……至于作者，我倒是能够理解他想要翻新花样的想法。"

---

① 速度级别最高的新干线列车，从东京站到新大阪站需要约两个半小时。

"这也没有办法啊。不明白杀人动机，就无法锁定凶手。无法锁定凶手，就无法拆穿不在场证明。"

"但是，我们冷静地想一下，您不觉得凶手制造不在场证明这件事是非常愚蠢的吗？正因为做了这种多余的事情，在被人拆穿的时候才没有理由为自己开脱。不管嫌疑多大，只要没有确凿的证据，警察便不能逮捕凶手，所以，如果没有不在场证明反而会更安全。我总是觉得凶手在做一些无谓的事情。"

"要是这么说，所有凶手使用诡计作案的犯罪不都没有意义了吗？比如尸体消失啊，密室啊之类的。"

"别提密室！"天下一脸色骤变，"那是禁忌！"

"啊，对不起。"想到天下一的密室过敏症，我赶紧道歉，接着说道，"我明白你的意思。但是，'拆穿不在场证明'类型还是有很多忠实拥趸的。作者和我们这些登场人物都有满足读者需求的义务。"

"那么受欢迎吗？"

"是。"我加重语气说道，"特别是那种以旅游胜地为背景的故事更受欢迎，据说可以以一种旅行的心情阅读。还有，刚才你说因为没能去猜测凶手和推理动机，所以觉得这种'拆穿不在场证明'的作品很无聊，但此类小说的爱好者们对这些可没兴趣，或者说他们根本就不想动脑子。这样的读者有很多。工作已经很累了，哪还有人愿意花费那么多精力去读书，加重自己的精神压力呢？"

"但是，不在场证明的诡计，读起来也会很累啊。乘几点几分开出的什么什么快车，在什么什么站下车然后坐上几点几分发的什么什么号去什么什么地方，光听这些，脑子都乱了。也有的把关键环节的时刻表贴在书里，但说实话，我从来不看那种时刻表，看了也不明白。"

"看来你是真的一点都不懂读者的心理啊。"我叹了一口气，说道，"那些'拆穿不在场证明'类型的爱好者也不会看那个时刻表。"

"啊，是吗？那怎么推理呢？"

"他们才不推呢。他们只是漠然地看着小说的主人公进行推理而已，所以不累。听了谜底之后，迷迷糊糊地感觉自己明白了，就满足了。"

"啊！"天下一瞪大眼睛惊叫了一声。"可是，"他略一思索，说道，"纯本格推理小说迷阅读时，说不定也是这样的啊。"

"那还用说？所以，不要再发牢骚了。"我拍了拍天下一的后背，说道，"我们还是回到小说的世界中吧。"

我们对包括蚁场在内的几个案件相关者进行了更为详细的调查。嫌疑人的范围不断缩小，最后只剩蚁场一人。

但是，正如蚁场坚持的那样，他有完美的坚不可摧的不在场证明。我们的调查无法进展下去了。用一个非常俗气的比喻来说，我们触到暗礁了。

"果然……"刑警天下一在一旁跟我说，"蚁场也不是凶手吧。"

"不不不。"我摇头道，"还不能这么断定。"

"但他有不在场证明。"

"对，但那反而更可疑。"

"如果您说因为有不在场证明所以很可疑，那么还有一些人也有不在场证明呢。"

天下一一副一本正经的样子，明知我的立场，还是故意装傻。

"不，蚁场很可疑。"我依旧坚持己见，"他也有杀人动机。"

"那么有没有可能是……"天下一说道，"蚁场指使其他人杀害了株子，然后，给自己制造了一个完美的不在场证明？"

"啊？哦，也有这种可能。"我气得直咬牙，这家伙真多嘴。"不，这个案子，应该还是单独作案。我觉得是蚁场一个人干的，没有人帮他。"

"可能只是我们还没有发现而已。"

"话虽这么说，"我故意咳嗽一声，说道，"但这是蚁场一个人作案。这家伙肯定使用某种圈套制造了不在场证明。对，一定没错！"

"是吗？您有什么根据？"

"根据？啊，这是一个警察的直觉。"

天下一扑哧一声笑了出来。我瞪了他一眼。

"拆穿不在场证明"类故事的天敌就是有共犯存在。如果最可疑的人有不在场证明，那么按照惯例就应该首先怀疑会不会有共犯。然而，要证明没有共犯，可不是件简单的事。这世上是不会有警察因为找不到共犯便否定其存在的。但是，在这类小说中，如果总是拘泥于这一点，小说的情节就无法展开，读者也会着急。在这个时候，以"警察的直觉"为挡箭牌，是最好不过的手段。

"不管怎么说，还是仔细分析一下蚁场的不在场证明吧。要彻底调查他下午四点从东京出发，前往轻井泽之后，能否在十一点之前到达大阪。"虽然多少有些勉强，但事情总算朝着"拆穿不在场证明"的方向发展了。

显而易见，调查没有任何进展。如果简单地依靠调查时刻表或多方打听就能破解诡计，就无法保证传统的"拆穿不在场证明"类故事的趣味性。有没有使用其他交通工具的可能性，或者利用一条谁也没有想到的路线？经过多方调查，将这些可能性一一排除，才是这类小说的看点。

"唉，到底是怎么回事啊。"调查搁浅，收到的全是没有价值的报告。在调查会议之后，我坐在椅子上叹息。"这个不在场证明，怎么也拆穿不了了。"

"气馁了吧。"天下一在一旁若无其事地说。

"你还真沉得住气。这个系列的主人公本该是你呀。"

"但现在我的角色不同了啊。"天下一拿着一面小镜子，照了照三七分的发型，摆了一个奇怪的姿势。

"你要是不出面解决，这个故事就无法收尾。快想想办法。"

"真没办法。"他把镜子放在桌上，说道，"帮我联系蚁场耕作，看我怎么让他不打自招。"

我高兴地拍了拍手，太好了！

我们在东京一家酒店的咖啡厅见面了。

蚁场似乎还有事，一副很不高兴的样子。

"嗯，"天下一首先开口说道，"是关于那个不在场证明的事。"

"有什么可疑的地方吗？"蚁场眼睛一亮，"那天我四点从公司出发，而往返轻井泽最快也要五个半小时。而且那时新干线已经没有了，即便有也不可能。"

"十一点之前不可能到达大阪，这个我很清楚。我们也想了很多方法。比如说，去了轻井泽之后，不回东京，而是转到日本海那边，沿着日本海前往大阪。"

"那又怎样？"蚁场的神色中露出一丝不安，往前探了探身子。

"结果不行。"天下一回答道，"那样更费时间。"

"是吧，不行吧！"蚁场的眼中再次放出光彩，"哈哈哈，是不行的吧。哈哈哈，你还想到了其他什么办法吗？"

"自己开车，走中央高速，开足马力飞驰。"

"结果呢？"

"好像也不行。"

"哈哈哈！"蚁场坐在椅子上摇晃着身子，放声大笑，"不行吧，是吗？还是不行。从轻井泽到高速的入口很狭窄。"

"所以，我们得出了结论。"天下一郑重其事地说，"你不是凶手。"

我吃惊地看着天下一。蚁场似乎比我更吃惊。他瞪大双眼，高声问道：

"啊……这……这是什么意思？"

"什么意思？没什么意思。只是说，你的不在场证明太完美了，我们决定不再怀疑你了。"

"哈哈……那个……那么，我的不在场证明会怎么样呢？"

"不会怎么样。你仅仅是搭乘新干线从东京去了大阪而已。在这段时间里偶然发生了杀人事件，而你有充分的不在场证明。你很幸运。"

"多谢。啊，不是……"蚁场迅速地看了一下周围，小声说道，"你应该知道我就是凶手吧？那么赶紧拆穿我的不在场证明，这难道不是你的责任吗？"

"不，刚才我也说了，无论怎么想也无法拆穿。所以我认为，这里面没有诡计，你的不在场证明是真的。"

"真是瞎说！"蚁场猛地跳起来，说道，"这不是真的！是诡计，诡计啊！"

"不，不对。"天下一摇头，"在大约七个小时内，从东京赶到轻井泽杀了人，再去大阪，这不可能。"

"可能。"

"哦，怎样做？"

"这个……"蚁场不以为然地摇头说，"把它推理出来应该是你们的工作。"

"看吧，还是不可能的。我就觉得奇怪嘛。怎么看你也不像那种能想出如此了不起的诡计的人。"天下一用一种非常轻蔑的语气说道。

"你……你太无礼了！我就是设计出了一个不在场证明的诡计。"

"可我不是在问你吗？你的诡计是什么样的？"

"这我可不能说。"

我无奈地看着这两个人，明白了在"拆穿不在场证明"类故事中凶手这个角色的复杂心情。他们对自己想出的不在场证明诡计很自信。在这一点上，和那些制造密室诡计等非可行性犯罪的凶手没有什么区别。

只是，和其他诡计不同的是，在"拆穿不在场证明"类故事中，只要诡计没有被拆穿，我们就无法知道案犯是否使用了这个诡计。比如，在一个反锁的房间里发生了杀人事件，肯定是凶手设计的诡计。但在"拆穿不在场证明"类故事中，若侦探放弃怀疑罪犯，谜团也就随之消失了。

当然，在现实世界中，这也没有什么，但如果在虚构的世界里出现这种情况，凶手就没有立足之地了。他们害怕诡计被慢慢识破，却又对自己精心设计的时间和空间的魔术一点点地展现在读者面前充满期待。

"这样吧，"蚁场满脸堆笑地说道，"我给你一个提示，供你参考。你再挑战一次，拆穿我的诡计。我不会告诉读者我给过你提示。"

"不用。"天下一斩钉截铁地拒绝了他。

蚁场非常为难。这时，一个身穿正装、非常漂亮的女人出现了。她递给天下一一张小纸条，而他说了一声："谢谢。"

"喂喂，这个女的是谁？"我问天下一。

"啊？哦，她是我的秘书。"

"什么，秘书？你什么时候……"

"这些都无关紧要啦，重要的是……"天下一转向蚁场，说道："情况发生了变化。凶手果然是你。"

"啊？"事出突然，蚁场有些不知所措，可他马上回到了自己原本的角色中，恢复了严肃，说道，"你这是什么话。也就是说，你能推翻我这个完美的不在场证明喽？"

"当然可以。"天下一看了看那张小纸条，又道，"你四点从公司出发，乘新干线到了高崎，然后换乘信越本线到了轻井泽。到达宾馆的时候，大概是六点半，然后杀了古井株子，回到轻井泽站是在七点半左右。"

"哦，之后呢？"

"从那里乘信越本线去了长野。到长野应该是在八点半左右。"

"然后呢？"

"你从那里乘坐 SEJA 前往大阪，到达时间是十点半左右，有足够的时间……"

"等等，等等，请等一下！"蚁场焦急地伸出双手，问道，"那个 SEJA 是什么啊？"

"你不知道？就是'日本阿尔卑斯横穿超特快列车'啊。"

"啊？"我和蚁场同时发出一声惊叹。

"什么时候开通的？"我问。

"就在刚才。这趟列车速度很快，可以直线穿越日本阿尔卑斯山。好了，蚁场先生，你的不在场证明被推翻了。"

"等一下，等一下！我可没坐过那东西！在我作案的时候，那东西还没开通呢！"

"哼，这种说法能成立吗？已经出版的书也就罢了，要是在即将出版的作品中，忽略这么厉害的交通工具，那才是大错误呢。"

"可是，我没有使用那样的交通工具！我策划的是更巧妙的诡计！"

"真没面子啊。你要是发牢骚，就去跟拖稿拖到 SEJA 通车的作者说吧。"

"那么，至少也请听听我的不在场证明诡计吧！喂，喂，你也一定很想听吧？"

"我可不想听。好了，跟我去见警察吧。"

天下一拉着蚁场的胳膊，将他拖离现场。蚁场一边喊着"请拆穿我的不在场证明吧"，一边哭了起来。

第六章 《美女白领雾气温泉杀人事件》论 两小时短剧

列车内（午后）。

我一个人吃着在车站买的便当。车窗外，层林尽染。

我啜了一口茶，微笑。

"啊，真惬意！棘手的案子终于告一段落，今年一天也没有休息，一个人出来泡温泉这个决定真是英明啊！"

话一说完，我就皱起了眉头。

什么啊，这是！这种说明性的台词。

首先，又没有人在听，我为什么会说出声呢？我明明没有自言自语的毛病啊。

还有，这篇小说的开头也似乎有点奇怪。列车内，这也罢了，还在括号内注上午后，哪有这样的写法？

算了算了，不管那么多了。我好不容易才有一次休假。

我叫大河原番三，是警视厅搜查一科的警部。

"喂喂，等等，上回你不还是长野县县警吗？"可能会有读者这样抱怨，但在这样的小说当中，这种程度的混乱是在允许范围之内的。

我的目的地是关东北部著名的温泉胜地。下午四点左右到达预定旅馆——山田屋旅馆。在这里，名叫旅馆但无论怎么看都是西式宾馆的有很多，唯独这家是纯和式的，能够让人感受到日本的自然四季。房间虽不多，但仍为独自出行的我准备了一间宽敞的。单凭这一点，我也觉得我的选择是正确的。

距吃晚饭还早，虽说这家旅馆引以为豪的岩石温泉二十四小时营业，但如果过早泡温泉，人会变得慵懒，于是我决定先在旅馆附近散散步。

任何温泉区都能看到这样的风景，这里也不能免俗。旅游纪念品店一家挨着一家，游客们逐家挨户地问东问西，就是不掏腰包。

大山深处没有什么特别有名的纪念品。唯一值得一提的，可能就是一种叫"温泉豆馅糯米糕"的点心了。您要是不亲口品尝一下，肯定不知道它和其他豆馅糯米糕有什么区别，除了很小，能一口吃下一个。即便您亲口品尝了，或许也还不知道。所谓地方特产就是那么回事。

我在一家旅游纪念品店前驻足，触摸人形木偶和钥匙环。

旁边响起一个年轻女子的声音。"你好，我要一盒十个装的温泉豆馅糯米糕。"

循声望去，一个二十多岁的长发女子（藤原邦子，二十四岁）正在买糯米糕。

女子从店员手中接过礼盒，一边交钱一边问。

邦子：请问，保质期是多长时间？

店员：一星期左右。

邦子：哦。

女子露出放心的表情，走出了商店。我看着她的背影，小声嘀咕。

大河原：哦，年轻女子，果然喜欢吃甜食啊。

啊？

什么啊这是！我又开始这种不自然的自言自语了，这是怎么啦？而且，这种叙述方式也很奇怪。在对话前面，还要加上什么"邦子""大河原"之类的。

不，等等，我似乎在什么地方见过这种文体……

我突然有一种不祥的预感，快步返回旅馆。

晚上六点半，服务员把晚饭送到房间。我点了啤酒，一边吃着冷鲜鲤鱼片、盐烤鲑鱼，一边自斟自饮。

我非常想一个人安静地享受惬意的温泉夜，但现实总不能让我如愿。附近似乎有人举行宴会，非常吵闹。在大型旅游宾馆中，宴会厅离客房较远，但小旅馆没有那么大的空间。

我向送啤酒的女服务员婉转地提起此事。原本很和气的女服务员突然皱起了眉头，说道：

"那是东京某公司的人，据说是开什么慰问会，请见谅。"

"没事没事，我也没觉得特别吵闹，请不要在意。"

吃完饭，我看着电视，大概是因为酒足饭饱，不一会儿就打起盹儿来。等我醒来，已经过了十点。我想，大老远来，要是不泡泡温泉，实在说不过去，便拿起毛巾，搭在肩上，走出了房间。

我正走在走廊里，一个房间的门开了，里面出来两个年轻姑娘。

一个人（青木胜子，二十四岁）搀扶着另一个人（邦子）。

胜子：没事吧？

邦子：（点头）嗯，就是有点累了。

我看见那个女子，吃了一惊。回想起傍晚她买温泉豆馅糯米糕时的情景。

两个姑娘走进了另一个房间。房门关上。

大河原：原来她也住在这里啊。

我小声嘀咕完，突然回过神来。

啊啊啊，又是这种奇怪的文体，还有做作的自言自语。在对话文中，加入“（点头）”等说明性文字，也非常奇怪啊。

莫非，这就是“那个”？

不不不，怎么可能会有那种事！我慌忙摇头，试图摆脱不祥的预感，快步朝浴场走去。

旅馆引以为豪的岩石温泉中空无一人。正当我舒展手脚准备泡温泉的时候，有人走了进来。高个子，体形匀称，三十岁左右，是一个美男子。

男子（山本文雄，三十二岁）因热气而皱着眉头，进入温泉。看了我一眼，轻轻点头致意，我也点头回应。

山本：您一个人吗？

大河原：哦，嗯。

山本：真是令人羡慕啊。我也想一个人旅行。

大河原：您是和家人一起来的？

山本：不，是慰问会，公司的。

大河原：哦（点头），和年轻姑娘在一起，不是挺好吗？

山本：哪有，可得小心呢。

大河原：哦？这样啊。

我们一起出了温泉，并排在走廊里走着。青木胜子从前面跑了过来，看着山本。

胜子：不好了，邦子不见了！

山本：藤原不见了？你好好找了吗？

胜子：是的。但是都没有找到。

山本拦住一个正巧走过的女服务员，耳语。

我问那个姑娘。

大河原：你说的不见的，是你刚才搀扶的那个姑娘吗？

胜子见陌生男子和自己搭话，先是吃惊，然后马上回答。

胜子：是的，就是她。我们原本在一起打扑克，但是她突然说不舒服……

山本回来对姑娘说。

山本：我让他们到旅馆周围找找。你去告诉大家，让大家也帮帮忙。
大河原：我也帮着找吧。
山本：太感谢了。

旅馆的周围。服务员和公司的同事开始到处寻找邦子。不时听见大家呼喊邦子的名字。

大河原：到底去哪里了呢？

不一会儿，不知道从哪里传来一声悲号。我循声跑去。
旅馆的女服务员僵直地站在林子边。

大河原：怎么了？

女服务员颤抖着，伸手指着前面。穿着浴衣的邦子倒在地上。我跑过去，察看她还有没有呼吸。

大河原：死……死了。

向当地警察说明了详细情况之后，我又回到案发现场。现场仍在进行各种调查。其他旅馆的客人也都聚集到这里，警察忙着疏散围观的人群。

还是很奇怪。

我不是说这个案子，而是说这篇小说。怎么看都不像是小说。不知不觉地，我已经陷入这个奇妙的文体构筑的世界中。果然是"那个"吗？

刑警的怒吼把我从沉思中拉了回来。

"不行，不行！围观的人请到那边。喂，谁能帮我把这个人带到那边去？"

"怎么回事？"我问旁边的警察。

"啊，有一个自称侦探的人要看现场。怎么劝都不听。"

"侦探？叫什么名字？"

"据说姓天下一。"

"果然是他。"我做出一副为难的表情。

天下一大五郎，这个系列的主人公，以皱巴巴的西装、乱蓬蓬的头发、圆框眼镜和手杖为特征的古典型侦探。而且，我经常充当衬托他聪明才智的配角。

"那个人我知道。我去警告他。"说着，我走到警察中间。

"我都说了，这里不是一个外行侦探能插手的！"刑警依然在怒吼。这不跟我一样吗？我这样想着，走到了他们面前。

"喂，你到这里来跟警察捣乱……"

说到这里，我停下了。和警察面对面的，不是以前的那个天下一，而是一位年轻的姑娘。一头飘逸的长发，就像偶像派明星一样，迷你裙下露出两条修长的腿。

"啊，大河原先生。"姑娘看着目瞪口呆的我，高兴地说道，"哎呀，您跟这些人解释一下吧，就说我是那个头脑清晰、博学多才、行动力超群的天下一。"

"你你你……"我咽了一口唾液，"你什么时候变成女的了？"

姑娘一脸惊讶地说：

"咦，大河原先生，您不知道吗？这次我就是女的啊。"

"为什么？"

"这是两小时短剧的剧本世界啊。"姑娘干脆地回答，"准确地说，是周日推理悬疑剧场的剧本。"

"两小时短剧的剧本……果然。"

怪不得有时候会变成奇怪的文体。那是剧本的写法啊。

"天下一系列也终于朝两小时短剧的方向发展了吗？"我冷冷地说。

"没办法，作者好像被金钱迷住了眼。"

"真可悲！"我顿时泄了气，看着她说，"但是，为什么在两小时短剧中你就得变成一个女人呢？"

"哎呀，您不知道吗？这种两小时短剧，在一般情况下，主人公都会变成女性。据说观众有一大半是家庭主妇，如果不这样做，无法提高收视率。十津川警部和浅见光彦①之类的是例外。"

---

① 十津川警部，旅途中遇到案件时最值得信赖的名侦探，西村京太郎系列作品主人公。浅见光彦，与明智小五郎、金田一耕助并称日本三大侦探，内田康夫名侦探系列主人公。

"所以，天下一大五郎也变成女的了？"

"是啊。我现在叫天下一亚理沙，东京某女子大学三年级学生，推理研究会的会员。请多关照啊。"

"真可悲！"我再次小声说道，"那天下一亚理沙为什么又会来到这里呢？"

"为什么？当然是来泡温泉呀。一个人出来旅行也不错。"

"和我一样啊。"我撇撇嘴，擦了一把脸，"这种设定真牵强。主人公侦探和配角警察各自旅行，不经意去了同一个地方，而那里又发生了杀人事件。我甚至都不想用'机会主义'这个词了。"

"好了好了，不要那么认真嘛。"天下一娇滴滴地摆了摆手，"而且，大河原先生您也不单单是个配角。"

"什么意思？"

"您和作为主人公的女大学生侦探——我，有可能会发展为恋人。所以，坐在电视机前的家庭主妇对我俩的关系将会如何发展也很关注。"

"好俗套的故事啊。"我往后仰了一下身子，"我和天下一侦探是恋人？饶了我吧，太恶心了！"

"这次的天下一侦探不是以往那个脏兮兮的男人，而是一个年轻漂亮的女大学生，我觉得您应该没有什么可抱怨的。"天下一噘起了小嘴。

"啊，既然这么定，我也没有办法。还是回到故事的世界中去吧。"我叹了口气。

当地警察对藤原邦子的死进行了详细的调查，发现她死于氰化钾中毒。尸体旁边有一瓶没有喝完的乌龙茶，氰化钾应该就被溶于茶中。在邦子的房间里还发现了一张纸条。

　　大家保重，再见。藤原邦子。

　　公司的几位同事都说藤原邦子最近总没有精神。特别引起调查人员关注的是同事青木胜子的话。

　　她说，藤原邦子刚失恋，对方好像是同公司的内田和彦。邦子可谓内田的知己，但是内田却和公司一个叫坂本洋子的女职员订婚了。邦子非常失落。这是青木胜子的证词。还有，内田和坂本洋子不在她们部门，没有到这里来。

　　这些话越发让警察认定藤原邦子是自杀。邦子家开着一家冶金工厂，很容易弄到氰化钾。而且，警察在她的包里发现了盛有氰化钾的瓶子。

　　我收集到以上信息之后，于案发的第二天早晨在旅馆附近的小瀑布下约见了天下一。小瀑布是这里的景点之一，游人来了就舍不得走。

　　大河原：绝对不可能是自杀。

　　天下一：您可真自信啊。

　　大河原：昨天她还买了温泉豆馅糯米糕，并问店员保质期呢。听说是一个星期之后，她表现得很放心。也就是说，她打算把那个点心当成旅游纪念品带回去。这样的人难道会自杀吗？

　　天下一：的确可疑。似乎还是很有调查价值的。

大河原：我和东京方面取得了联络，让他们帮忙调查有关藤原邦子的情况。

天下一：很久没有遇到这么有意思的案件了。这将成为我精彩推理的最佳场合。

大河原：喂，你可不要太多管闲事啊。

天下一：哎哟，靠着我的推理立功的到底是谁呢？

这时，天下一亚理沙脚下一滑，我慌忙抱住她。四目相对，又慌忙分开，忸忸怩怩——

"这是什么破戏啊。"我挠了一下头皮，"现在还有谁会喜欢看这样的场景？"

"但这种事情都是约定俗成的了。"天下一靠在旁边的岩壁上，"不说这个了。大河原先生，您知道谁是凶手了吗？"

"不知道。你已经知道了？"

"嗯。"天下一眨了眨眼，给我递了个眼色，"因为我看到了演员表。"

"演员表？"

"山本文雄是由岩风豪一饰演的。"

"什么？岩风豪一？"我使劲儿点了点头，"那就是山本。在两小时短剧中，岩风豪一总是饰演凶手。"

"是吧。"

"这样的推理不好吧？通过演员来推测凶手是谁的做法……"

"可是电视机前的家庭主妇都是用这种方法来猜测凶手并乐在其中的。"

"虽说如此，作为登场人物的我们不能这么做。"

"但这个故事太让人着急了。原作应该要好一些。"

"原作是什么呢？"

"《禁闭的季节》。"

"这个名字不错。短剧也叫这个名吗？"

天下一亚理沙无精打采地摇了摇头。"短剧的名字是《美女白领雾气温泉杀人事件》。"

我不由得向后一个踉跄，差点跌进瀑布。

"什么什么什么啊！为什么《禁闭的季节》会变成美女白领呢？还什么雾气的。"

"还不光这些呢。准确地说，应该是这样的——《美女白领雾气温泉杀人事件？以死亡而结束的三角恋是自杀还是他杀？笼罩在秘地温泉的恐怖与爱憎的迷途，女大学生侦探与糊涂警部登场》。"

我顿时全身没了力气，蹲了下来。我这么配合，还说我是个糊涂警部！

"我也觉得很奇怪。"天下一坐在岩石上，抱着胳膊，"把小说改编成电视剧没有什么不好，但是在这种情况下，电视剧的内容绝对和原作不同，而且肯定没原作有意思。这到底是为什么呢？那些写剧本的真的觉得这样改编很有意思吗？"

"这不是有意思没意思的问题，而是收视率的问题。与其原封不动地把原作的复杂故事表达出来，不如改成那种多少有点陈腐但是好懂的作品，再添加一些恋爱情节，就能提高收视率。应该是出于这方面的考虑。"

"是啊。"天下一叹了一口气，"比如，现在有这么多推理小说，但电视台的人还是不断感叹符合电视剧标准的作品太少。我也觉得很奇怪。相比过去而言，现在的作家写的小说应该更加有画面感，更容易拍成电视剧。最近冷硬派和冒险小说都在增加，我觉得那种小说如果改编成电视剧，应该会很有意思。"

"但是电视台的人说这两类题材改不成两小时短剧。"

"对，一个原因是预算，另一个就是收视率。因为只有家庭主妇才看。"

"主人公是女性，且故事情节简单，穿插爱情故事——电视台的人认为这最符合两小时短剧。但是符合这个条件的小说可就不多了。"

"所以啊，那些人饥不择食，把原本在小说中是男性的主人公都改成女性了。"已亲历此事的天下一亚理沙一边撩着长发，一边说道。

"最近设置了很多种推理小说新人奖，大都是电视台赞助的，有的时候甚至啪地甩出一千万奖金。那其实就是在寻找电视剧的原作。"

"可能吧。说什么在评价作品好坏的时候，不会以是否适合改编成电视剧为标准，可是……"天下一突然看了看表，慌忙站了起来，一脸担心地说，"不好，得赶紧回旅馆了。"

"发生什么事了？"我问。

"短剧已经播了一半。九点播出，现在正好是十点——大家换频道的时间，必须用我入浴的场面来吸引观众的眼球。"

明知道大部分观众都是女性，却还要这么做。电视界真是不可思议。

之后，在故事的世界里，回到了东京的天下一侦探，开始向每一个相关者打听各种各样的信息。其中当然还有一些完全与故事无关的爱恨情仇，这都是电视剧制作方考虑到观众大部分是家庭主妇，才这么做的。

不久，天下一侦探就调查清楚了，与藤原邦子交往并让其怀孕的人并不是内田和彦。

天下一调查了邦子的电子记事本，想找出男性名字，以便缩小范围。但是，没有任何收获。于是，天下一逐一确认电话本上的地址和电话。她认为邦子极有可能为了掩盖，故意使用一个女性名字命名对方。果然，一看就特别像假名的名字——铃木花子，正是山本文雄。另外，山本和社长的女儿就要结婚的事情也被天下一调查到了。

天下一和我在东京的咖啡馆见面，针对现有的材料进行推理。

大河原：这么说，是山本文雄决定和社长的女儿结婚，而藤原邦子从中作梗，因此被山本杀害了吗？

天下一：我觉得是这样的。

大河原：但案发时，山本和我一起泡温泉呢。他是怎么让邦子服下毒药的呢？

天下一：那不过是一个诡计。大河原先生，您被利用了，他去泡温泉，跟您搭话，不过是为了制造不在场证明。

大河原：啊，这是怎么回事？

天下一：解剖结果表明，邦子吃了您说的温泉豆馅糯米糕，但那不是她自己买的。她买的那包在行李中，还没有开封。也就是说，她吃的那包是别人送的。我认为，有人在里面下了毒。

大河原：往糯米糕里放氰化钾？

天下一：那天晚上，山本文雄和邦子应该已约好到某个地方秘密碰面。山本对邦子说：我可能会晚一点到，你等我的时候先吃点东西吧。趁此机会把有毒的糯米糕和乌龙茶送给邦子了。

大河原：原来如此。那种点心一口一个，应该不会剩下。所以现场只有乌龙茶。这样，无论在谁看来，都像是她自己要喝下去的。真是一个巧妙的诡计啊！

我离开了故事的世界，一脸厌烦地喝了一口面前的咖啡。

"什么巧妙的诡计！这种东西连三岁的孩子都骗不了。"

"两小时短剧中出现的诡计，也就只能这样了吧。"听天下一的语气，是有些自暴自弃了。

我们再次回到故事的世界中。

大河原：但是，还有谜团没有解开呢。

天下一：我知道。您是说遗书吧。

大河原：对。警方鉴定结果表明，那的确是邦子本人的笔迹。

天下一："大家保重，再见。藤原邦子。"嗯，这确实是个疑点。

旁边传来说话声。两个高中生模样的女孩正商量着写信。

女学生 A：哎，最后应该怎么写呢？

女学生 B：随便写点什么就好了。比如"大家保重，再见"之类的。
女学生 A：哦。

天下一和我对视。

天下一：是信。邦子写的信的一部分被伪造成遗书了。

两人站了起来。

"这种设定也太简单了吧。"我再次离开作品的世界，抱着头，"遗书的诡计本来就很简单，而破解这个诡计的契机却更加随意，这样能行吗？"

"这也没有办法。不赶快结束，两个小时就演不完了。"

正如天下一所说，接下来事情的进展非常迅速，很快就揭开了真相。首先，天下一查到山本文雄有一家冶金工厂，最近山本去过那里。而那家工厂的氰化钾恰巧少了一些。

接着，天下一发现，藤原邦子曾经写信给学生时代所属社团。其中一个学生还记得信的内容，据说最后一句是："大家保重，再见。藤原邦子。"而当天下一要求看那封信的时候，对方说那封信丢了。天下一继续追问，对方说最近常有一个陌生男子在附近转悠。待问清男子的相貌，断定为山本文雄无疑。

就这样，案件的真相一步步走向明朗，接下来天下一侦探会怎么做呢？

通常情况下，侦探将自己的调查结果告诉警察就退居幕后了，接下来是警察的工作。但是，我们的两小时短剧的主人公却不这么做，她把凶手叫到一个人迹罕至的地方，想向他确认自己的推理是否正确。

在我和天下一等待的时候，山本登场。

山本：你们找我有什么事？我工作很忙，时间不多。

天下一：我们不耽误你的时间，如果你说实话。

山本：实话？什么意思？

天下一：是关于邦子被害的事情。山本先生，是你杀了她吧？

山本先是一惊，马上又露出厚颜无耻的笑容。

山本：胡说八道。

天下一：不是胡说八道。你为了下任社长的职位，杀掉了自己的恋人藤原邦子。

天下一开始了滔滔不绝的说明性叙述。这种情况是很难表演出来的。我在一旁看着都不忍心，觉得演员真的很可怜，尤其是凶手这个角色。侦探在一边滔滔不绝，他也不能只是一味地聆听。

一番解说之后。

天下一：你已经无可辩解了。赶快招供吧。

山本：可恶……

山本试图逃跑。警察出现。

刑警A：山本文雄，犯罪嫌疑人，束手就擒吧。

经常会出现这样的场面。但我总觉得不可思议。为什么那些警察非要偷偷地听一个外行侦探的推理呢？每当想到他们藏起来的情景，我就想笑。

山本穷途末路，站到悬崖边。

刑警 B：山本，不要做傻事！

山本置之不理，做出一副要跳海的架势。

就在这个时候，山本突然离开了故事的世界。

"让我也说一句。"山本说道，"你们这些主角可以发牢骚，但是在两小时短剧中，最大的受害者是凶手。就这起案件而言，在原作中，诡计复杂而巧妙。但是，由于说明起来太难，被改编成这么简单的东西了。"

"这样啊。"我小声说道。

"最重要的是杀人动机。在原作中，动机有更深的意义。但是，由于略微涉及歧视问题，就改成爱情方面的动机了。这一点，你们能理解我吧？"

"理解。"天下一在一旁说道，"我们非常理解。"

山本高兴地点了点头，回到剧中。

警察将山本包围。

刑警 A：抓住他！

山本：可恶……

山本跳进大海。正好有潜水艇经过。山本撞到潜水艇上，死亡。

"这都是些什么啊！为什么这种地方会有潜水艇出现呢？"我

俯身看着大海，说道。

"按照原来的情节，应该是被车撞死。"天下一说，"但是，后来觉得这种安排不好，改写成这样了。"

"原来如此。"

这出两小时短剧的赞助商是汽车公司。我一边想着，一边面向大海，双手合十。

第七章　切割的理由　碎尸案

这次的案件令人毛骨悚然。

在 × 县切裂町的郊外，有一座海拔数百米、名叫丝锯山的高山。山里的森林中，发现了一具尸体。

尸体的发现方式不同寻常。

一对骑着自行车自助游的年轻男女，歇息和亲热之际，发现地面上长着一个宛如人手的东西。仔细一看，是真正的人手。

女的一声惊叫，男的小便失禁。

县警本部接到报案，立即派出警力。负责指挥的，没错，就是我——大河原番三。

现场，尸体接连不断地被挖掘出来。

但并非有好几具尸体。这些东西，应该是一具尸体的碎块。

手腕、大腿、臀部、肩部、胳膊……尸块被一个个挖了出来。头是最后发现的。从头的长度判断，死者是女性。

这就是所谓碎尸案的故事类型。光是这些被挖出来的尸块，就足以让人感到恶心了。很少见到这类大案的乡下巡查，跑到森林中呕吐不止。

"啊，太残忍了！"我用手帕捂着嘴，叹道。

正在这时，一个熟悉的声音从身后传来。"对不起，请让一下。"

我回头一看，一个穿着皱巴巴的格子西装、戴着圆框眼镜、持一根手杖、头发乱蓬蓬的年轻男子，不顾警察的制止，要走到警戒线里面。

"让他进来。"我对拦住他的警察说。

自称名侦探的天下一大五郎走到我的身边，说道："您好，大河原警部。"

"我就知道你快出现了。"

"为什么？"

"为什么？那还不是因为……"说到这里，我停下来，咳嗽了一声，"感觉。"

我又不能说，按照小说的节奏，快要出现了……

"这次的案件可真不得了。"天下一很严肃地说。但是，他的眼睛却闪闪发光，就像好奇的孩子看到了新奇的玩具。

"真是的。按照我的直觉，这次的案件将会很棘手。不管怎么说，尸体成了这样。首先得搞清楚死者的身份。"

"这个……我想，死者大概是我要找的那个女人。"

"什么？你……"我睁大了眼睛。

据天下一说，事情是这样的：大概两天前，有人委托他寻找失踪的妻子。委托人是在切裂町当小学老师的一个姓清井的中年男子。他声称三天前，即发现尸体五天前的星期天，妻子说出去买东西，就再也没有回来。

我立即叫来清井，让他确认尸体。但是，瘦骨嶙峋的清井似乎很胆小，听说是一些尸块，差点晕了过去，根本无法确认。最终只能找来他妻子经常去看的一位牙医，将牙齿的形状与病历簿上的记载对照，发现这名死者是清井的妻子花枝无疑。

"花枝是星期天下午三点左右出去的，身穿褐色衬衣和白色紧身裤，好像还提着购物篮。具体带了多少钱不清楚，大概也就是一点买菜钱。"天下一翻开封面已经严重破损的笔记本，说道。

这里是搜查本部所在地——×县警察切裂派出所会议室。死者的丈夫清井因为听说妻子被残杀并碎尸，陷入呆滞状态住进医院，只能从调查花枝行踪的天下一处了解情况。

"在花枝去买东西的路上，有人看见她吗？"

"书店店主说她曾经去过书店，当时她站在杂志区，似乎在找什么。但当店主上前询问时，她却有些神色慌张而不好意思，什么也没买就出去了。"

"哦，还有吗？"

"我调查到的就只有这些。此后，花枝便行踪不明。"

"书店是最后出现的地方啊。"我双臂交叉抱在胸前，说道，"这么说来，她应该是在出了书店后遭到歹徒袭击的。她出来买菜，却没有去蔬菜店和鱼店。"

"但是，从书店到蔬菜店或者鱼店只有二百米左右。那条路是单行道，人来人往，又不是夜里。在这种状态下，怎么可能遭到袭击呢？"

"嗯。"我低声说，"那你说会是什么情况呢？"

"我觉得花枝说去买东西其实是借口。走出书店之后，她根据自己的意志，去了和商店街相反的方向。"

"你凭什么断定？"

天下一的嘴角露出一丝笑容，说道："女人对丈夫说谎，离开家，还能因为什么？"

"婚外情啊。"我点了点头，说道，"好，先调查一下花枝的人际圈。"

"这一点，我已经有所调查。花枝加入了一个叫'蓝天云雀会'的合唱团，合唱团的成员每周聚一次，进行练习。"天下一看了一眼贴在墙上的日历，啪地拍了一下手，说道，"太巧了，今天就是合唱团练习的日子。"

"好。"我站起身来，"我们去调查一下。"

"我也去。"

天下一也站了起来。

"你就算了吧。这些事情应该由我们专业人士来做，不是你这种外行侦探能插手的。"

"不，我接受过受害人丈夫的委托。不管怎么说，我都得跟着去。"

"嗬，那随你便。"

主人公侦探和配角警察说完千篇一律的对话，走出了搜查本部。

"啊，最终这个还是出现了。"走了几步，天下一附在我耳边小声说道。

"你是说……"

"碎尸案啊。实际上，我猜差不多该轮到这种类型了。"从天下一的表情来看，他已经离开了小说的世界。

"嗯，是啊，我也这样想。"我暂时忘记了自己的角色。

"在本格推理小说中，碎尸类型的案件里，碎尸的原因是最关键的。要是没有一个恰当的说明，读者会消化不良。"

"从现实的角度来考虑，最可能的应该是为了便于搬运尸体。"

"是啊。但是在本格推理小说世界里，这样的理由很没有意思。而且，这次发现的尸体，被切割得七零八碎，光是一条胳膊，就被分成手腕、上臂和小臂三块。要是单纯地为了搬运方便，没有必要做到这种地步。"

"在现实中，也经常会有那种为了隐藏死者身份而碎尸的……"

"与其说那是碎尸，不如说是无头尸。作为推理小说的题材，这二者有着本质的区别。但是，这次的尸体不仅有头部，指纹也没有被破坏。因此，凶手应该没有要掩盖死者身份的意图。"

"我还真想不出其他理由。"我马上放弃了推理。

"在实际案件中，还有凶手把尸体吃掉的。被害人原来是凶手的女朋友。"

"啊啊，是啊。"我皱起了眉头，"现实比小说还奇特。"

"据凶手交代，看起来很香的乳房其实油脂很多，太油腻，没能吃。好吃的是大腿内侧的那块肉，据说就像金枪鱼身上最好吃的部位。"

"不要说了。想想都令人反胃。"

天下一不怀好意地笑笑，说道："凶手将被害人的尸体吃掉的情况，在小说里也有。但是，在这类小说中，侦探首先要搞清楚的是凶手怎样处理尸体，这和碎尸案还是有着本质的区别。另外，那种因为精神异常，仅仅出于个人兴趣而碎尸的情况，在本格推理小说中也不适用。"

"也就是说，需要一个说得通的理由。"

"我并不觉得这有必要，但是读者不乐意。如果目的是使案件有突破性的进展，倒是必要的。"

"这类小说是有几篇啊。"我的脑海中迅速闪过几篇小说。

"是啊。"天下一点了点头，然后小声说道，"只是，这些骗局在现实中根本就不可行。作者似乎营造了一种恐怖的气氛，将读者卷入迷雾，但仔细一想，都是一些很愚蠢的诡计，还有很多完全忽视了法医学。"

"那也是没有办法吧。"

"是啊，没办法。"天下一闭上一只眼睛，说道，"净说这些，感觉就像在掐自己的脖子。"

"就是这样。即便是作者，也很为难啊。"

我们对视一眼，咻咻地笑了起来。

蓝天云雀合唱团的练习在一个姓牛山的小镇医生家客厅里进行。我们到达那里时，除了花枝以外的九名会员都在。据说他们这次不是为了练习，而是听说花枝被杀，前来交流消息。这是一个小镇，杀人事件似乎已经家喻户晓。这对调查正好有利。

我站在他们面前，询问有什么线索。

"简直不敢相信，有人会想杀花枝夫人。"主人牛山摇晃着肥胖的身体，说道。在这九人中，加上他共有三名男子。

"花枝夫人可是一个好人呢。"

"那可不是！人老实，对谁都很好。"

"这是为什么呢？"

女人们都小声啜泣起来。

我一边询问，一边观察在场的三名男子。牛山看起来人品不坏，但有些迟钝，不够细腻。也不管在场的女人是不是厌恶，一味地跟我们讲他知道的关于碎尸的知识。

与之相反，有一个看起来很敏感的男人。他姓羊田，是一个邮递员，不大说话，这令我们差点忘记了他的存在。他脸色不好，不知是原本就那样，还是听说花枝被害的消息之后变成了那样。

三名男子中，最年轻的姓狐本。乍一看长得挺帅气，但眉宇间透着狡猾。总是说些"听说了花枝的死很难过"之类的话，让人感觉假惺惺的。

然后，我们向与花枝关系最好的猫村玉子询问情况。玉子在小镇上经营一家西装店。

当我问起花枝是否有外遇时，玉子在我答应保密的前提下，说了这番话。"花枝夫人好像对丈夫非常不满，说在他身上完全感受不到男性的魅力。但最近她变得活泼起来，好像还漂亮了。我觉得一定是有了情人。"

"有可能是合唱团里的人吗？"

玉子语气坚决地说道：

"我觉得不可能。牛山先生是有名的妻管严，至于狐本先生，花枝夫人一向讨厌他，所以应该排除。"

"那羊田先生呢？"天下一问。

"绝对不可能。"

"为什么？"

"他和花枝夫人兴趣不合啊。"玉子意味深长地笑了笑。

即便如此，我还是调查了这三人。在调查过程中，牛山开始变得可疑。声称自己是个妻管严的他，实际上有三个情人，而且据说还不时向花枝眉目传情。我立即把他带到警察局，准备结案。

"赶快招供！你就是凶手吧。"

"不是，不是我！"

"别装了！你是个医生，对于碎尸这种事情应该很熟悉。"

"这话毫无道理啊！"

说一些毫无道理的话，就是我在这部小说中的工作。不久，牛山就找到了不在场证明，无罪释放。

接着是狐本。按照推理，他本想追求花枝，但遭到拒绝，一气之下将其杀害。但这个推理也毫无根据。

"毫无道理啊！"在侦讯室，狐本说着同样的话。

接着，狐本也有了不在场证明，同样无罪释放。

关于羊田，我们首先对其进行了身份调查，结果接到了这样的报告。

"一天到晚就会贴邮票。这么老土的一个人，不会做出杀人这种事。"

对此，我的应对是："那好，我们去寻找别的线索吧。"

我非常奇怪地收了手。

我们继续进行调查，但没有别的男人出现。

"对案发现场周边的人进行进一步调查。说不定能找到凶手掩埋尸体时的目击证人。"我发布了下一道命令，但依然没有收获。

我在搜查本部抱着头，不知该如何是好。

"唉，到底是怎么回事呢？这次我可真是没有办法了。"

"我还是觉得，凶手将尸体分得这么碎的原因是破案的关键。"不知何时走到我旁边的天下一说道。

"为什么？"

"我感到不解的是，为什么凶手要将尸体切割得那么零碎，不是乱切一气，而是有规律的，左右对称。"

"凶手大概是一个性格中规中矩的变态吧。"我胡乱说道。

"对了，有个好办法。"天下一匆匆站起身，走出了房间。

"你要去哪里？"

"您别管，跟我来就是了。"

我随他来到猫村玉子的西装店。店里只有猫村玉子和常年雇用的住在店里的女店员两个人。

"有件事需要帮忙。能借我一个裸体模型吗？"天下一对玉子说，"我们调查中需要。"

"哎呀，侦探先生，当然可以啊。"玉子爽快地答应了，脱掉了旁边模型身上的连衣裙。

"给我笔墨。"

"好。"

"喂，你到底想做什么？"

"您看着就行了。"天下一一边看手里的笔记本，一边用蘸了墨的笔在模型身上画线。先从头开始，然后到胸、腹、手腕、肘部。

"侦探先生，您这是做什么呢？"玉子有些不安地问。

"我想确认一下清井花枝夫人的切割部位。这里面应该隐藏着凶手的切割意图。"

"啊，有意思。"年轻的女店员说完，马上用手掩住了嘴。

天下一画完后，模型身上已遍布线条。正像他刚才说的，从这里就能看出凶手切割得有多碎。

天下一看着模型说道："怎么样，大河原先生，您不觉得切割线中有什么规律吗？"

"嗯，倒是……"我看着模型小声说道，"好像是在哪里见过。"

"是吧，我也这么觉得，但就是想不起来。"

猫村玉子突然小声"啊"了一声。

"怎么了？"我问。

"没什么。"玉子埋下头，轻轻摇了摇。

"那就别这样一惊一乍的。"我说了她一句，然后看着天下一说道："你想得太多了吧，凶手应该还是随便乱切的。"

"不，我不那么认为。"

不知天下一突然想到了什么，对玉子说要暂时借用一下模型。玉子一开始有点不情愿，但似乎又觉得朋友被杀，不协助调查有些过意不去，就答应了。

此后，我让部下去问话，抓一些可疑的人到警察局审讯，但一无所获。这是我在小说中的职责，也没有办法。

"天下一怎么了？这两天都没看见他。"我问一个部下。

"啊，好像也不在旅馆。"

"咦？你也不知道他去哪里了吗？"

"嗯，据旅馆老板说，他出去之后就再没回来。虽说已经付了房钱，不回来也没关系，但他把那个借回来的人体模型放在屋子里，让人看了挺不舒服。"

"那家伙对旅馆老板来说也是一个灾难吧，哈哈。或许天下一也感到作为一个外行侦探，能力有限，夹着尾巴逃跑了。"我放声大笑。这是我的职责。

这时，另一个警察飞奔进来。

"警部，不好了，又有一个人失踪了。"

"什么？谁？"

"西装店女老板。"

"猫村玉子？"我大声问道。

我带着部下赶往西装店。店里只有前几天见到的那个女店员。据她说，玉子昨晚出去后就再没回来。

"你不知道她去哪儿了？"我问。

"是。老板出去的时候什么也没有说。"

"出去的时候是什么样子？"

"好像忧虑重重。实际上，自那次您和侦探先生来了这里之后，老板就变得有些奇怪。"

"什么？那你为什么不早告诉我们！"

"对不起，我怕挨老板骂。"女店员啜泣起来。我一副为难的表情。

"借过。对不起，借过一下。"响起一个熟悉的声音。天下一正拨开人群，往店里面挤。

"喂，我说，你干什么去了？"

"我去做了很多调查。先不说这个，刚才你说的是真的吗？"天下一问女店员。

女店员就像机器人一样，连连点头。

天下一挠着头皮，说："啊，坏了！我怎么会这么粗心呢？"

"喂，什么啊，到底是怎么回事？"

"大河原先生，我们赶快走。不然就晚了。"

"晚了？怎么回事？"

天下一顾不上回答，就飞奔出去。我只得带着部下跟在后面，来到一栋破旧的房屋前。门边写着"羊田"。

"什么？凶手难道是那个邮递员？"

"是的。"

天下一用力敲门，但毫无反应。

"破门而入吧。猫村夫人有生命危险！"

"好。撞门！"我向部下下令。

撞开大门，又打破玄关门，我们进了屋子。看不到羊田的影子。

"不在家。"我说。

"不可能。他肯定把猫村夫人监禁在什么地方了，或者已经……"天下一没有讲下去。

"后院有一个仓库。"一个部下报告说。

"好，去看看。"

来到后院，我们果然发现有间小屋，只是作为仓库太大了点。我们包围了小屋。天下一走过去把耳朵贴在墙上，然后往后退了一步。

"我们知道你就在里面。赶快出来吧！"

几秒钟之后，门开了。羊田一脸沮丧，走到院子里，跪了下来，浑身颤抖着说："救救我！饶了我吧，我并没打算杀花枝。那是意外。请相信我！"

"什么……意外？什么意思？"我吼道。

"我只勒了她的脖子，但力气有点过了，她就死了。"

"勒脖子？混蛋！那就是杀人。"

"不是不是！"羊田痛哭流涕。

"猫村夫人在哪里？"天下一问道。

羊田指了指仓库。天下一走了进去，喊道："大河原先生，您来一下。"

我进了仓库，发现猫村玉子几乎全裸着被绑了起来。我一时不知该往哪里看，但仍目不转睛地问道："死了吗？"

"没有，好像只是晕了过去。大河原先生，您先看这个捆绑的方法，能想到什么吗？"

"捆绑的方法……"我看了一会儿，突然想了起来，"啊，那个人体模型。"

"对。"天下一点点头道，"绳子的位置就和我在人体模型上画的线一样。这就是所谓的……"他咳嗽了一声，"SM 捆绑。"

我不由得"啊"了一声。

"我就说在哪里见过……是这样啊。"

"注意到这一点之后，我断定凶手具有 SM 倾向，便去以 SM 游戏为卖点的风俗店进行了一番调查。我觉得凶手肯定会出入那些地方。果不其然，羊田就是其中一家店的常客。"

"啊。"

我们从仓库里走出来。羊田一边哭一边交代。

"我是上个月开始和花枝交往的。我发现她有 SM 倾向，就开始接近她，很快就意气相投。她经常会来我家玩 SM。花枝非常热衷于此，可能是她已经厌倦了自己的丈夫吧。"

"花枝想在书店买的就是 SM 杂志。"天下一补充道。

"然后呢？"我催促羊田。

"我刚才也说了，那天我们兴奋过头，勒得太紧了……"他吸了一下流出来的鼻涕，继续说道，"那是意外，意外！"

"你为什么不告诉警察？"

"这种事，不光彩。"

"胡说八道！人都死了，还讲什么光彩水彩的。"

"对不起，对不起！"羊田把额头贴在地面上。

"猫村夫人也是你的 SM 玩伴吧？"天下一问道。

羊田点头。

"她发现我是凶手，就来到了这里。我怕事情闹大，就将她监禁了。但我没想杀她，只想说服她不要把这件事说出去。"

"仅仅是为了监禁，就要那么绑人吗？"我问。

"啊，绑人的方法我只知道那一种。"

"那为什么要脱光衣服？"

"这个啊，这，不由得，就，兴趣……"羊田挠着头皮说。

我们解开猫村玉子身上的绳子。玉子终于醒了过来。她还不知道发生了什么事，浑身颤抖。

"好，那最后一个问题。你为什么要故意碎尸？"

"那是因为……"

"还是我来回答吧。"天下一大概觉得若全部都由凶手招供，自己太丢面子，于是往前走了一步，说道，"请想象一下花枝死时的样子。她的身体上肯定遗留着绳子捆绑过的痕迹。要是这样就把尸体扔出去，无疑是给自己找麻烦，宣布凶手具有 SM 倾向。尤其是猫村玉子，一下子就能猜出来。于是，为了掩盖绳子的痕迹，就从这些地方将尸体切割了。"

"哦，"我啪地拍了一下手，"原来是这样。"我抱起胳膊，说道，"天下一，真有你的。这次我可真是服了你了。"

"哎呀，哪里哪里。"

正在天下一哈哈大笑的时候，羊田开口说道："不，不是这样的。"

"什么？"天下一的笑声戛然而止，瞪着羊田说道，"不是这样，那是怎样呢？"

"啊……这个……之所以碎尸，是因为我突然有一种莫名的感觉，想要把尸体切开。"

"莫名的感觉？"

"嗯。我在邮局工作，你知道吧？由于每天都和邮票打交道，看到那东西，就忍不住想切割了。"

说完，他指着松绑后的猫村玉子。

绳子的印痕呈清晰的锯齿状。

第八章　诡计的原形

？？？

五月中旬，天下一大五郎被叫到黄部矢一朗府中。

要想到达这座上一代作为别墅而建的宅子，不得不横穿一片郁郁葱葱的林海。那条老路没有重新铺设，路面也十分狭窄。偶尔和一些林中小路交叉，使人一不留神便可能走错方向，踏上野兽经常出没的路途。

天下一进入林海已是下午。天气晴朗，要是在普通地方，阳光照在柏油路上，肯定格外耀眼，而天下一周围却一片昏暗。他不时停下脚步，回头看看，生怕走错了路。

正这样心惊胆战地往前走着，前方出现了一个身影。天下一松了一口气，加快了脚步。那是一个女子，孤零零地站在路的中央，一头长发，一条浅蓝色连衣裙。一个年轻的女子——天下一怀着几许期待，这样推测。

"你怎么了？"天下一上前搭话。对方回过头，一副惊讶的表情。天下一又问："迷路了吗？"

"不是，没有迷路，只是路上一个人也没有，感到害怕。好久没来这里了……"声音很细，很轻。

"你是去黄部先生家吗？"

"是。"

"我也是。我们一起去吧。说实话，我一个人走这条路也很心虚。"

听天下一这样说，女子不置可否地笑了笑。

女子自称赤井留美，来这里是为了办理遗产继承手续。前几天黄部家的上代当家人雅吉患癌症去世了，大概因此叫她来这里。留美是雅吉和第二任妻子生的孩子，十年前母亲病故，她一直寄居在外公家。赤井是她母亲的旧姓。

"这么说来，你和黄部矢一朗是异母兄妹喽？"

"是的。"

"你为什么会住到外公家去呢？"

"父亲觉得这样做对我好吧。"

"你和矢一朗先生有什么过节吗？"

"没有。哥哥对我很好。"留美认真地说。

很快两个人走出了森林，一栋巨大的建筑物出现在面前。"十年了。"站在天下一旁边的留美说道。

一个小个子中年男人和一个瘦瘦的气质优雅的女人出现在玄关。女人看见留美，张开双臂，说道："啊，留美，好久不见。你变得这么漂亮，太让人吃惊了。"

"嫂子可一点都没变，还是那么年轻。"

"我哪还能跟你们这些年轻姑娘比。赶快进来好好歇着吧。青野，这就是留美小姐，带她去房间。"

小个子男人拿起留美的行李，说了句"这边请"，便往前走。留美跟在后面。

女人看看天下一，说道："欢迎欢迎。我丈夫在偏房。"

"您说的偏房是……"

"我带您去。"

天下一被带到主屋旁边的偏房里。在一楼客厅等候的空当，天下一看了看书橱，大多是些与歌舞伎和宝冢相关的书籍。过了一会儿，那个女人，即矢一朗的妻子真知子来叫他了，解释说矢一朗的身体状况不太好，要在自己的房间见他。天下一随她来到二楼的房间。

窗边放着一张床，一个男人躺在上面。他扶着夫人的手坐了起来。

"我是黄部矢一朗。因脚部染疾，只能以这种方式见您，实在失礼。"男人说道，"我请您来不为别的，是想让您调查一个人。"

"您说的是……"

"就是他。"矢一朗指向窗外。天下一探过头去，目光穿过主屋一楼玻璃窗，看到了一个年轻男人的脸。

"那个人是……"

"他叫灰田次郎。"矢一朗答道，"自称是我父亲的私生子。"

"啊？"天下一惊讶地瞪大了眼睛。

黄部矢一朗说，灰田是在三天前出现的。他拿着黄部雅吉的亲笔信，声称自己也有继承遗产的权利。在雅吉的亲笔信上，的确写着持有这封信的人可以被认定是他的儿子。但是，矢一朗一时还无法相信这个人，而且对这封信的真伪表示怀疑。

"所以我请您来帮我调查。您愿意吗？"

"知道了。我试试看。"

"太好了。您今晚就住在这里吧。调查可以从明天开始。在调查结果出来之前，我暂不打算办理遗产继承手续。"

"我尽最大努力。"天下一回答。

晚上，黄部家的主屋餐厅里举行了一场晚宴。说是晚宴，其实客人就赤井留美、灰田次郎和天下一三人。矢一朗由于身体不便，只能在自己的房间用晚餐。真知子和司机兼厨师青野负责陪同。

"说到黄部雅吉的遗产，金额大概有多少呢？"灰田次郎问道。

对于这个露骨的问题，真知子皱了一下眉头，说道："详情还得问律师才能知道。"

"足够一辈子不干活光吃喝玩乐，这是肯定的吧？"

"拿父亲的遗产去玩乐是可耻的。"留美说道。

"哎呀，是吗？"灰田冷笑道，"那你拿去做什么用呢？"

"我还没有想过这种事情。但是，与其胡乱浪费，不如捐给那些需要钱的穷人。"

"这可真是一个好主意。"灰田说道，"那我给你介绍一个需要钱的穷人吧。"他指着自己的鼻子，"就是我。"

留美咬了一下嘴唇，气愤地站了起来。在向真知子和青野表示了感谢之后，她快步走出了餐厅。灰田见状笑了起来。真知子瞪了他一眼。

天下一被安排在二楼东侧的房间，正下方是灰田的房间，斜下方住着留美。打开窗，几乎正对面，是偏房的矢一朗的房间。

天下一站在窗边吹风的时候，对面的窗子打开了。坐在床上的矢一朗映入眼帘。

"晚上好。"天下一打招呼。矢一朗微微点了点头。

就在这时，枪声响起。

声音是从正下方传过来的。天下一急忙探身窗外，想往下看。但由于动作太猛，他一下子滑了出去，在空中转了一圈，摔在地上。

"啊，疼……"他摸着屁股站了起来，扒着窗往里瞧。一个男人走出了灰田的房间。灰田倒在床上，胸口渗出鲜血。

"天下一先生，刚才的声音是……"青野从一楼的窗户里探出头来。

天下一大声喊道："有歹徒！现在还在宅子里，赶快锁上大门。"

他忍着疼痛爬窗户进入房间，赶到走廊，想去追踪凶手。留美从旁边的房间跑了出来，穿着一件大红色的宽松睡衣。

"出了什么事？"

"你好好待在自己的房间里！"天下一一边这么喊，一边往玄关跑去。但是，留美也跟了过来。走廊对面出现了一个男人的身影，天下一不由得拉开了架势。是青野。

"青野先生，你没有看到一个男人吗？"

"没有。"青野摇了摇头。

天下一又往楼梯上看。要是青野也没有看到，说明凶手从这里上楼了。天下一毫不犹豫地奔了上去。

他将房间门一个个推开，不见踪影。又仔细检查了一下自己的房间，一切都和他掉下去前一样。

"天下一先生，到底发生了什么事？"窗外传来一个声音。天下一抬头看去，真知子站在偏房二楼的窗边，一脸担心地看着他。

矢一朗好像已经躺下，天下一看不到他的身影。

"凶手消失了……"天下一呆呆伫立。

天下一提议马上联系警察，但这时才发现凶手已经切断了所有的电话线，放掉了所有汽车车胎里的气。要想报警，就得徒步穿越那片林海。白天也就罢了，在深夜这样做无异于自寻死路。

"没有办法，只有等到天亮了。"天下一做出决定。

但是，就在这时候，对于黄部家来说，奇迹出现了。两个迷了路的旅行者找到了这里，请求借宿一晚。他们都是警察。一个是年轻的山田巡查，而另一个就是拥有明晰的头脑、准确的判断力并以此为豪的我，大河原番三警部。

"什么明晰的头脑、准确的判断力啊？这么说自己，不觉得难为情吗？"天下一一脸厌恶地迎接我的到来。

"你不是也一样！一轮到你上场，就自称头脑清晰、博学多才、行动力超群的名侦探天下一大五郎。"

"那是为了弥补作者表达能力上的缺陷。"

"我也是这样啊。"

"不对吧，您在小说里只是进行一些胡乱的推理、让事态变得更加混乱的配角警察啊。"

"哦，不好意思。"

"先不说这个了，事情经过您都知道了吧？"

"知道。直到刚才为止我都在当解说员。"

天下一皱起眉头，说道："这是小说，请说旁白。"

"不都一样嘛。这次的案件好像很有意思啊。"

"哼。"天下一用鼻音回答，"摩拳擦掌啊。"

"从案情上看，这次案件可称作'凶手消失'类故事啊。"

"凶手消失……"天下一一脸不满意。

"怎么？你好像不服气啊。"

"也不是。您不觉得'凶手消失'这种分类方式有点太普遍了吗？这样的作品有多少啊？"

"你是说，对于这次的案件，有更合适的分类方法？"

"对。"

"是吗，那告诉我。"

"不，实际上还不太明确。"

"什么啊，怎么回事？"

"一般的本格推理小说，大体可以根据谜局的种类来分类。比如，密室作品、拆穿不在场证明类作品，等等。虽然从名字中就能看出谜局的种类，但读者并不会因此兴趣减半。读者想要知道的是谜局是如何设置的。不如这样说，读者希望在看书前就知道这部小说是密室类，还是拆穿不在场证明类，以做选书参考。这才是真正的本格迷想要的。"

"嗯，我也有同感。"

"但是也有一部分本格作品不是根据谜局的种类做出分类，而是通过所使用的诡计，即揭开谜底来分类。这种作品，对于还没有开始阅读的读者来说，无异于向他们泄露了作品的内容，有违推理小说的规则。因为这种分类揭开了谜底。"

"这次的案件就是这样吗？"

"对。"

"哦，那可真麻烦呢。"

"所以，拜托您，别再多嘴乱说了。"

"知道了，知道了。"

"那么，我们回到小说中去吧。"

作为代表，青野跟我们讲述了案件的大致经过。天下一和真知子夫人也在旁边。矢一朗行动不便，留美惊吓过度，都待在各自房间里。

我听了事情的经过，哼了一声，傲慢地坐在客厅的沙发上。

"总而言之，凶手从窗户逃走了，在外行侦探磨磨蹭蹭的时候。"我这样说着，看了天下一一眼。

"不，我觉得凶手没有时间。"青野说道。

"你可不能以一般的感觉来看待这件事，凶手说不定是职业杀手。"

"但是我检查过房间，除了灰田先生的，其他房间的窗户都是从里面锁着的。"

"那就是从二楼的窗户里跳出去的呗。对于运动细胞发达的人，这也不是不可能的。"

"不，应该不可能。在天下一先生检查二楼的房间时，我一直在外面守着。没有人从窗户里跳出来。"

"你一直都看着吗？"

"是的。"青野看着真知子夫人，问道："夫人也在偏房的窗边看着，是吧？"

"是……是的。"真知子微微点了点头。

"凶手没有翻窗逃走吗？"我再次向她确认。

"嗯……"

我双臂交叉，支吾半天，啪地拍了下手，说："凶手肯定一开始藏匿于某处，趁乱逃走了。"

"哪有什么可以藏的地方？我们都找过了。"青野气得大声说道。

我用力拍了一下跟前的桌子，吼道："那你说凶手到哪里去了？"

"我们不正是因为不知道才困惑的吗？"青野反驳。

我仿佛吃了一嘴沙子，一脸不悦。

"再检查一下现场吧。"我带着山田走出了房间。

灰田穿着一件蓝色的睡衣，倒在床上，没有抵抗的痕迹。可以断定他是在睡着的时候被害的。要是这样，即便不是职业杀手，也能成功。

据天下一说，灰田被害时窗子开着，据此判断凶手是从窗户爬进来的。凶手作案后，也许原本想翻窗逃走，但天下一从二楼的窗户掉了下来，所以凶手只能跑向走廊。问题的关键在于凶手之后去哪里了。

"啊，到底是怎么回事呢？"我无奈地说，"这次我可真是没有办法了。"

"您好像很为难啊。"背后传来了一个声音，天下一走了进来。

"你想干什么？别给我们的调查添麻烦。"

"我不是想给你们添麻烦，只想自己推理一下。"

"外行侦探又逞能了。山田，我们走。"我说。

"哎呀，去哪里？"天下一问道。

"向其他相关者问一下情况。首先是矢一朗。"

"那我也一起去，没关系吧？"

"请便。只要你不给我们添麻烦就行。"

我们出了主屋，向偏房走去。途中，从天下一的表情可以看出，他已经脱离了小说的角色。"没有出现平面图啊。"

"平面图？"

"嗯。通常以这种宅子为舞台的本格推理小说中，如果设定凶手消失，一般会附上宅子的平面图。这次却没有出现。"

"啊，这个……"我点头说道，"的确是这样。但是，那种平面图真的有必要吗？"

"您的意思是……"

"那种东西，就像拆穿不在场证明类故事中的时刻表一样，是为了向读者表现一种公平的立场，似乎是想告诉读者：看吧，推理的材料全部提供出来了。实际上，没有一个读者会盯着平面图进行推理。"

"嗯，也是啊。"天下一笑着，说，"就连我也不看在小说一开始就画出来的'××宅平面图'。"

"我也是。"我嗤笑道。

我们在黄部夫妇的卧室见到了矢一朗。

"凶手大概是想来偷窃，却被人发现了，所以就开了枪，就是这样吧。"矢一朗躺在床上，向我们讲他的看法，"很遗憾没能抓到他，但是估计已在林海中迷了路，死在林子中也是罪有应得啊。"

"啊，但问题在于凶手是怎么逃出去的。"

对于我的疑问，矢一朗好像很不高兴。

"跳窗户吧，只有这种可能性。"

"但青野先生和夫人都说没有看到。"

"是没注意到吧。那时，我太太也不是一直都看着主屋那边，而青野这个人，也是缺根筋。"矢一朗说话有些粗鲁了。

接着，我们又向赤井留美打听情况。回到主屋，在客厅等待的时候，她出现了。

我一看到她，差点从沙发上跌下来。给天下一递了一个眼色，我们一起来到走廊里。

"喂，那就是赤井留美吗？"

"是的。"

"'是的'，你还真答得一本正经呢。嗯，我明白了。这次的骗局是'那个'。"

"对，是'那个'。"天下一说道，"但是，不能一看见她就说知道骗局的真相了。"

"为什么？"

"我在小说的一开始、看到她的那一瞬间，就知道这次的骗局是'那个'了。但是，那样故事就没法继续下去了，所以才装作不知道。"

"哦，你这家伙真可怜啊。那我也得装作若无其事喽？"

"当然。"

"哎，真难受啊。"

我们回到房间里，向赤井留美打听情况。为了让故事发展下去，我们装得若无其事，但是说实话，真的很痛苦。很明显，站在我们旁边的山田，也使劲儿憋着笑。

敏感的读者大概已经知道这次骗局的真相了，也应该明白了我和天下一的对话。

　　这次的骗局，实际上对于读者是不公平的——读者无法判断诡计能否成立。虽说是登场人物被骗，但最终谁被骗了还不一定。

　　还不明白的读者，读到下面的解谜过程就会明白了。然后，多半会生气吧。

　　大家都聚集在主屋的客厅里。不，实际上，没有矢一朗。天下一说没有关系。他就打算在这里为大家揭开谜底，而这不过是案件发生三四个小时之后。

　　"各位，"天下一开口说道，"在揭开谜底之前，我想搞清楚一个问题，那就是凶手去了哪里。"

　　"你说什么呢？我们不就是因为不知道凶手去了哪里，才为难的吗？"青野不满地说，"凶手消失了，这个你也知道啊。"

　　"我当然知道。但人又不是干冰，怎么可能消失呢？那么，我这样问吧。凶手出了宅子吗？"

　　"没有。"回答的还是青野，"这是肯定的。"

　　"对，我也这么认为。"天下一表示同意，"那么，我们可以这么想，凶手还在宅子里。"

　　"啊？"

　　"怎么可能？"

　　大家都异常紧张，面面相觑。

　　"但是，又不可能有隐身的地方。"天下一接着说，"剩下的可能性就只有一个——凶手就在我们中间。"

"简直一派胡言，这不可能！"真知子夫人颤声说，身体也微微摇晃。

"但是，只有这种可能性。"天下一冷静地说，"而且，再加一点，凶手是个男的。我亲眼所见，不会有错。"

"我知道了，凶手是这家伙。"我抓住青野的胳膊。

青野大声喊："干什么啊！我为什么要杀害灰田先生？"

"要说男的，就只有你。"

"请等一下，大河原先生。青野先生并不是凶手。不是还有一个男的吗？"

"哦？"我放开手，一脸茫然，"还有一个？难道是……"

"正是。凶手就是黄部矢一朗。"

真知子夫人尖声叫了起来。"说什么呢，你！说我丈夫是凶手，你是脑子有毛病，还是故意跟我们开玩笑？"

"我是认真的。矢一朗为独占遗产，想出了这个阴谋。"

"但是矢一朗不能下地啊。"我说道。

"那是装的。"

"老爷不是有不在场证明吗？"青野反驳道，"在听到枪声之前，天下一先生还跟他打招呼来着，不是吗？"

"是的，但我们并没有对话。我打了招呼，矢一朗只是默默地点了点头。他为什么没有说话呢？因为他不是真正的矢一朗。"

"不是真的？你是说有人乔装改扮？"我装得非常惊讶。

"是的。是真知子夫人乔装改扮的。"天下一指着真知子夫人，说道。

夫人用手捂着嘴，连连摇头。"不是，我……我没有做过那种事情。"

"你装也没用。只要搜查一下你的房间就行了，里面应该有男性假发和乔装道具。"

大概是觉得再也瞒不住了，黄部真知子倒在地上，放声哭了起来。

到这里，各位读者想必已经明白了。这次的骗局是乔装，也就是所谓的"一人两角"类故事。各位也应该明白了，为什么天下一直强调不能说出分类来。

故事还没有就此结束。

天下一说道："当然，故事还不仅仅如此。矢一朗杀掉灰田先生之后，是如何从宅子里消失的呢？这才是这次的主要诡计。"

"是怎么做的呢？"我佯作不知。

"很简单。凶手根本就没有消失。在我和青野先生追踪凶手的时候，凶手也在我们身边……就是你。"

看着天下一指的方向，我、山田和青野都非常惊讶。他指的是赤井留美。不，准确地说是自称赤井留美的人。

"您说什么呢？我不明白。"这个自称赤井留美的人晃动着身体，摇头说道。

"别再装了，没有用。你其实是黄部矢一朗先生。"天下一口吻强硬地断定，"你的计划是这样的。先给作为局外人的我制造一个印象：有一个叫赤井留美的人来到了这里。灰田被杀后，所谓的赤井留美也就不再出现了。这样就能给人制造一种假象：赤井留美杀掉灰田之后逃走了。你原本打算在我从楼梯上下来的那段时间逃回偏房的卧室，但是不巧，我听到枪声后从窗户滑了下来，计划被打乱了。于是，你跑出灰田的房间，到了隔壁，再次化装成赤井留美。至于为什么能这么快？因为你曾经做过业余的歌舞伎男旦。在几秒内化装成一个女人，对于你来说很简单。"

除了真知子，所有人的视线都聚集在这个自称赤井留美的人的身上。很快，她，不，应该是他，扑通一声跪倒在地。

"还是没成功啊！"这时，已经恢复了男人的声音，"为重建公司，我必须得到父亲的全部遗产，所以才策划了这件事。"

"真正的赤井留美小姐在哪里？"

"被我监禁在别的地方了。我原本打算找个机会把她杀掉，扔到森林中去。"

"什么……"青野一声悲号。

"请告诉我，天下一先生。"身着女装的黄部矢一朗说，"你为什么能看出来我是乔装改扮的？我原本以为是很完美的。"

"几乎是完美的，百分之九十九。但是剩下的那百分之一，被我的推理识破了。"

天下一滔滔不绝地说起他是如何看穿一人两角这个诡计的。

我看着他，再次体会到本格推理小说中侦探的不易。在这种情况下，也不得不进行有条理的说明。

要是我，就会大吼："为什么能看出来是乔装改扮？这种东西，一眼不就明白了！"

我看着在身穿女装、令人作呕的中年男人面前滔滔不绝的天下一，叹了口气。

第九章　杀人要趁现在　童谣杀人

从本土的港口出发，在船上颠簸两个小时，才能到达那座偏僻的小岛。乘坐着由破旧不堪的渔船改造的船，我和部下在途中张开大口，不知呕吐了多少次。

当我们到达凸凹岛的时候，腿都软了。迎接我们的是几名男子，领头的是一个留着小胡子的大胖子。

"我是从县警本部来的大河原番三。"我自我介绍，"是警部，嗯，本案的负责人。"将这一点明确指出，对方的接待态度就会大为不同。

"哎呀，警部先生，欢迎您远道而来。"留着小胡子的大胖子强行跟我握手，简直就像欢迎观光客一样，"我是町长鲸冢。"

"请多关照。我们赶紧去案发现场吧，在哪里？"

听到我问，鲸冢似乎才想起现在的状况，皱眉说道：

"在名叫沙丁鱼山的小山脚下一座神社里。我开车带你们去。"

"拜托了。"

我们分乘几辆车，前往案发现场。

沙丁鱼神社附近已经聚集了围观的人群。我们一下车，如同摩西渡海，人群立即一分为二。走在中间，心里真是舒服啊。

死者倒在香火钱箱前，是一个穿着西装的年轻男子。从缠在脖子上的绳子一眼就能看出来，死者是被凶手从背后勒死的。如果仅仅是这样，那就是一具绞杀尸体，但还有一个奇怪的地方。面部朝上的尸体口中，被塞进了什么东西。走近一看，才发现好像是包子。

"这是什么？"我问町长。

"啊，好像是作为供品的包子。"

"我知道，我是想问死者的口中为什么会有这东西。"

鲸冢町长使劲儿摇头。"不知道，我也很纳闷。"

我决定见一见尸体的第一发现人——一个每天早晨来神社拜神的阿婆。发现尸体之后，她一路跑着到派出所报案，闪了腰，被送到了町医院。

阿婆向我们讲述了她发现尸体时的情形。她说活了七十年，都没有碰到过这种令人吃惊的事情。她这样描绘尸体：

"双眼圆睁，咬着牙，脸好可怕哟！"

"咬着牙？"我注意到这一点，问道，"嘴里没有咬着包子什么吗？"

阿婆很惊讶："什么？包子？"

她说，看到尸体的时候，没有包子。我决定向接到报案便立即赶到现场的巡查了解情况。巡查称他赶到案发现场时，发现死者口中塞着包子。

"这么说，不是凶手把包子塞进死者口中的？不，其他不相干的人不可能做这种事情。可能是凶手之后想到了什么才这么做的。

目的是什么呢？"

我嘟囔着，但是光嘟囔也没什么用，还是着手调查死者的身份吧。这已经查明了。死者是十多年前离开小岛、再也没回来过的贝本卷夫。

"为什么贝本在十多年后回来了呢？"

鲸冢町长回答了我的问题。在这座岛上，有蛸田家和鱼泽家两大家族，这两家的孩子近期要结婚了。这对于岛上的人来说是一件大事，所以出门在外的人最近陆陆续续地返回了。

"贝本和其中一家认识吗？"

"要说认识，两家都认识吧。不管怎么说，住在岛上的人，就像一家人一样。"町长自豪地说道。

我决定去这两家了解一下情况。先去了蛸田家。他们家门前，好像有人在争吵。一个穿着皱巴巴的花格子西装、头发乱蓬蓬的男子，似乎在求一个看似女佣的中年女人，要求见主人。

我拍了一下男子的肩，问："你在这个地方干什么呢？"

男子回过头来，一脸笑容，圆框眼镜后的眼睛眯成了一条缝。"啊，大河原警部。"

"难道你又想来玩侦探游戏吗？"

"不是游戏,是我的职业。"他挺起胸脯大声说。之后又小声说道，"这次我没有接受任何人的委托，只是碰巧昨天来这里旅游。我是纯粹出于了解真相的好奇心来介入这起案件的。"

"哼，有你这种外行侦探在，只会给我们添麻烦。"

"警部先生，这位是……"鲸冢町长疑惑地看着男子，问道。

"我来自我介绍吧。我就是头脑清晰、博学多才……"

"行动力超群的名侦探天下一大五郎，是这样说吧？听得耳朵都起茧子了。"

"不不，最近我又加了两句：个性十足、魅力非凡。"

"什么啊这都是！"

"没办法，这本书的作者没有能力把主人公塑造成一个个性十足、魅力非凡的形象。"

算了算了，我叹了口气。

蛸田家的户主八郎是一个非常傲慢的人，女儿海苔子则是一个矜持得令人讨厌的女人。据说她的母亲已经去世了。

两人都坚称和贝本没有任何交往。八郎非常不高兴，说把这起杀人事件和他女儿的婚礼扯到一块，是在给他们添麻烦。

"听说是两大家族联姻，真是可喜可贺啊。"

我决定拍拍马屁，但八郎依旧板着面孔。

"大家都这么说。但我们两家的家族历史无法相比。从岛上有人起，我们家便世世代代住在这里。对于这桩婚事，既然对方大力游说，我们也就勉强答应了。对方的儿子，那个叫锅男的家伙，要是有一点让我不高兴的地方，婚事马上就告吹。"

八郎一边吹嘘，一边从怀中掏出烟盒。伴随着八郎的动作，一些碎纸片掉在了地上。

天下一弯腰拾了起来。"这是什么？上面还写着数字。"

"啊，没，没什么。"八郎把那些纸片夺了过去，撕得粉碎，扔进附近的垃圾箱里。

前往鱼泽家的途中，鲸冢小声说道："蛸田家和鱼泽家原本水火不容，都想争夺对小岛的支配权。但是，最近两家势力渐衰，又想联手了。大概是觉得，这样比双方都失去权力要好一些吧。"

"媒人是谁？"天下一问道。

"是我。这件事可把我难为坏了。"鲸冢叹了一口气。

鱼泽家和蛸田家不同。这家的老爷去世之后，一直是一个叫鳍子的女主人当家。她的儿子锅男一脸茫然，似乎把什么事都交给了母亲。我们多次听到他叫鳍子"妈咪"。

"这次两家联姻，算是我们帮助蛸田家了。"鳍子说完，呵呵一笑，"我们听说对方经济上有困难。不管怎么说，我们也没有必要非和蛸田家结亲的。即使不是蛸田家，对方这么热心，怎么说呢，我们妥协也是没有办法。"

至于贝本，母子二人都说没有听说过。

第一天的调查在没有任何收获的情况下结束了。我们住进了岛上唯一一家旅馆。天下一也住在那里。第二天——

"不好了，不好了，不好了！"有人大喊着在走廊里奔跑。我的门被打开了，巡查闯了进来。"警部，不好了，又有人被杀了！"

"什么？"我从床上跳了起来。

案发现场是海岸附近的岩石背阴处。被害人是一个叫海老原海胆子的寡妇。从尸体判断，被害人生前被人灌了毒药。但是，尸体有些异样。海老原海胆子的尸体上盖着一床旧被子，头的下面还有一个枕头。

"这是什么？这是什么魔法？"我大声喊道。

"莫非这是……"天下一在旁边小声说着，从他皱巴巴的西装口袋里掏出了一本薄薄的小册子，"果然是那样。不出所料。"

"怎么了？"

"请看这个。"天下一将翻开的那页递到我的面前。这本小册子是《凸凹岛的历史》。翻开的那页上面，有一首"凸凹岛摇篮歌"。内容是这样的：

> 十个小孩吃饭了，一个噎着了，还剩下九个。
>
> 九个小孩在熬夜，一个睡着了，还剩下八个。
>
> 八个小孩出海了，一个没回来，还剩下七个。

然后是七个、六个递减。最后一句是这样的：

> 一个小孩独自活，结婚的时候，一个也不剩。

看完小册子，我抬起头来看着天下一，说道："这是……"

"对。"侦探点了点头，眼睛闪闪发光，"杀人事件都是按照这首童谣的内容进行的。这次是童谣杀人事件。"

童谣杀人，不知道这个说法是否合适。但是在古今的推理小说中，总有一些属于这种类型。即按照童谣、数字歌甚至是诗的内容，一步步杀人的事件。也有人将这样的类型称为"比喻式杀人"。

"在日本最为有名的是《恶魔的×× 歌》。"天下一抛开自己扮演的角色，开口说道。

"在那部作品中，凶手使用的是自己写的歌谣。所以，他只要按照自己的杀人计划写歌就行了。比较难的，还是使用既有的歌谣来杀人。比如，同一作者的《狱 × 岛》。"

"某位世界知名的女作家的某部作品，使用的是英国著名的摇篮曲。聚集在岛上的十个人依照歌谣的内容被一一杀害了。"

"啊，这么说来，和这次的童谣杀人事件很像啊。"

"您注意到了？"天下一微微一笑，说道，"这个作者好像叫帕克。"

"他是谁啊？"我疲惫不堪地慢慢摇了摇头，说道，"这次竟然是童谣杀人事件，真让人吃惊。"

"嗯，在这种设定中，说明文字会变得很难。"

"就是关于为什么要按照歌谣的内容来杀人吧。对于作者来说，这样做是为了让故事显得更热闹，但是，如果无法将故事有条理地讲述清楚，将会使他的策略前功尽弃。"

"在以往的作品中，都会有什么理由呢？"

"假如杀人动机是对多个对象复仇，使用这种手段是为吓唬即将被杀害的对象。所用歌谣对于凶手和被害人都很重要。无关的人是不明白的，但对于被害人来说，他们知道自己已经成为袭击的目标。还有利用它嫁祸于人的，陷害和歌谣关联较深的人。"

"哦。要是这种理由，倒也不是说不通。"我抱着双臂，点了点头，伸手摸了摸下巴上的胡茬，说道，"可还是很难啊。"

"不错。"天下一也同意，"按照歌谣的内容杀人并处理尸体是很困难的。凶手稍有不慎，就会露出马脚。冒这么大的风险，却几乎得不到多少好处。我觉得纯粹是无用功。"

"要是这么说就太扫大家的兴了。"我挠了挠脑袋，接着说，"这次又会怎样呢？有能够让读者点头称是的理由吗？"

"这个……"对于这一点，天下一似乎并不怎么期待，"现在我们明确知道的就是，杀人事件还会发生。不管怎么说，这次的童谣涉及十个人。"

"你是说，还有八个人要死掉？"

童谣杀人类型的推理小说有这样的缺点，即被害人的人数可以通过童谣的内容推测出来。

"罢了罢了，真是让人心情沉重啊。"我们对望了一眼，点头说道。

正像我和天下一离开小说世界之后议论的那样，杀人事件接二连三地发生了。首先是一个叫大矶砂彦的摄影师，他的尸体在一艘漂浮在海上的小船里被发现。这和前述歌谣的第三句十分相符。然后是一个叫滨冈栗子的家庭主妇，被人用斧头劈开了脑袋。第四句是这样的：

> 七个小孩劈柴火，一个劈了头，还剩下六个。

接着是一个叫港川水一郎的男人被注毒而死，然后是叫高波涡子的女人，被人从悬崖上推下，手里还抱着《六法全书》①。歌谣的第五句和第六句是这样的：

> 六个小孩捣蜂窝，一个被蜇了，还剩下五个。
> 五个小孩学法律，一个逃走了，还剩下四个。

① 收录了日本现行成文法中的六法（宪法、民法、刑法、商法、民事诉讼法、刑事诉讼法）等主要法律的书籍。

接下来就没有必要一一叙述了吧。反正就像这样，第七个和第八个也被杀了。要说其间作为警方代表的我在干什么，当然是进行一些毫无根据、不着边际的调查。抓住真正的凶手并不是我在小说中的使命，我也没有办法。

要说最难受的人还是天下一。作为名侦探，到第八个人被杀害的时候，他还没有破案。不，准确地说，他还不能破案。要是在这个时候就把案件解决了，作者准备的这首十句歌谣就没有意义了。

不仅童谣杀人事件如此，在本格推理小说中，只要是写连续杀人事件的，基本都是这样。如果侦探过早地破了案，故事就没有意义了。

但是，十句歌谣也未免太多了。在故事中，让侦探这个角色暂时处于被动，连续被杀两三个人还可以体谅。但是，被害人达到七八个，会让侦探十分尴尬。每次案件发生的时候，天下一总是说："啊，坏了，又让罪犯得手了。"随着时间的流逝和案件的接连发生，这句台词也变得有些傻。

这种尴尬终于要到尽头了。天下一开始行动了。我们警察不知道他怎么行动。如果他能早点说出他的推理，我们也能早点行动，让案件尽快解决。但是，在这种类型的推理小说中，是不能这么做的。

就在天下一消失的那段时间里，第九个人被害了。被害人睡着的时候被人浇上汽油，点火烧死了。至于第九句歌谣的内容，我想没有必要在这里特意介绍了。请读者随便想象一下吧。

"到底是怎么回事呢？这次我可真是没有办法了。"看着那具烧焦的尸体被运走，我说出了总要说出口的台词。

"啊……啊……啊！这到底是怎么了？为什么偏偏在我当町长的时候发生这样的惨剧呢？我受不了，受不了了！"鲸冢跪在地上，双手揪着头发。

围观的群众也纷纷议论起来。

"啊，竟然有九个人被杀了。"

"连续杀人啊。"

"杀人的方式也都很奇怪啊。"

"是啊是啊，每个人死亡的方式都不一样。完全看不出什么规律性。"

听到这里，我看了一眼围观者。

"难道你们还没有注意到吗？"

"什么？"一个年轻的男子反问。

"这次的杀人事件，是按照岛上自古以来流传的童谣进行的。这应该早就流传开了啊。"

"童谣？倒是，的确有这种童谣呢。"

"童谣……原来如此。"

"是哦。"

"第九句的内容也已经被利用了啊。"

"只剩最后一句了。"

之后他们采取的行动很奇怪——谁也不说话，迅速地离开了。

那天晚上，天下一回来了。

"你到底去哪里了？怎么才回来？"我表现得很焦急。

天下一意味深长地笑了笑。

"我去了东京，调查了很多东西。"

"去东京？查什么？"

"这个，接下来我会一一告诉您的。"说完，天下一四处看了一下，说道，"鱼泽家和蛸田家的人呢？"

"据说要商量明天婚礼的事情，现在都在蛸田家。"

"这正好。大河原先生，我们也去吧。"话音刚落，天下一便大踏步走了出去。我慌忙跟上。

到了蛸田家，开门的是用人。他态度蛮横地告诉我们，正商量正事，谢绝一切与调查有关的事情。

"那么你就说说我已经找到凶手，想告诉大家。"

听了天下一的话，中年用人大惊失色，慌忙说了"稍等"，便走进门去。我也非常惊讶地看着侦探的侧脸，对他说："喂，你说的是真的吗？知道凶手是谁了？"

"是的。"天下一满怀自信地点了点头。

我环顾四周，贴近他的耳边说："关于凶手为什么使用童谣杀人的说明，也没有问题？"

"当然。"

"可以让读者心悦诚服吗？"我依旧小声说。

"这个……"天下一皱起了眉头，"这个可不好说。"

我刚要开口说话，用人回来了。他请我们进去，态度和刚才截然不同。

我们被带到客厅。蛸田父女、鱼泽母子以及作为媒人的鲸冢夫妻，坐在看起来很高级的沙发上迎接我们。

"听说你们查出凶手是谁了？"蛸田声音沉重。

"查出来了。"天下一往前走了一步，做了个深呼吸，慢慢地讲了起来，"本案的确很难破。就连身经百战的我，在如此错综迷离的案件面前，也有些不知所措。如果没有坚强的忍耐力、连一点点破绽也不放过的观察力、洞察力、第六感，以及某种程度上的幸运，破案几乎是不可能的。总之，要破这个案子，需要很好地掌控和运用这些要素……"

名侦探的演讲还在继续，我想读者肯定已经不耐烦了，所以将其省略。因为就连在旁边听着的我们，都已经开始打哈欠了。

"那么，首先请允许我从第一个案子说起。那天，被害人贝本先生去神社，是为了和某个人进行交易。"

"交易？什么交易？"我问道。

天下一看了一眼蛸田八郎，将视线移开。

"'如果为了你女儿好，就给我钱……'贝本先生具体是怎么说的我不清楚，但大体上应该是这个意思。"

"胡说八道！"蛸田八郎瞪大了眼睛，"你这么说，好像是我去见了贝本先生嘛。"

"正是。就是你去见了贝本先生，然后杀了他。"

"无稽之谈！你有什么证据？"蛸田满脸通红，就像煮熟的章鱼（蛸）。

"从你烟盒里掉出来的碎纸屑就是证据。我将那些碎纸屑捡起，进行了拼对。上面写着一组数字。是电话号码吗？不，我一开始的判断有误。调查发现，那是银行账号。账户名是贝本先生。为什么你手上会有这种东西？那是因为，贝本曾经要求你往这个账号里汇钱，以海苔子的秘密作为交换。"

蛸田要说什么，却没说出口，脸变得更红了。而此时，海苔子脸色苍白。

"那个，你说的海苔子的秘密是……"鲸冢战战兢兢地问道。

"海苔子去东京的时候，曾和贝本先生发生过关系。不，还不仅如此，海苔子小姐还曾堕过胎，是贝本先生的孩子。当时的妇产科医师是这么说的。"

"啊……"开口说话的是鱼泽鳍子。

"胡说八道！"蛸田八郎嗓音低沉地说道。海苔子则一边说着"太过分了太过分了"，一边哭了起来。仔细一看，她并没有掉泪。

"但是在第二个案子中，蛸田先生有不在场证明啊。"我看了一下自己的笔记本，说道。

"当然。"天下一说，"这是因为，第二个案子的凶手不是蛸田先生。"

"你说什么？"

"第二个案子的凶手得知第一个案子后，想出了一个计划——利用第一个案子，杀掉自己的绊脚石。但是，要让警察误以为两个案子的凶手是同一个人，最好的办法是让这两个案子具有共性。这个人便利用了童谣。第二个凶手在贝本的尸体被发现之后，在还没有人来围观之前动了点手脚，在尸体的口中塞了包子。"

"原来如此。难怪第一发现人说死者的口中没有包子呢。"我拍了拍手，使劲儿点头，然后看着天下一说道，"那么，第二个凶手是谁呢？"

"就是她。"侦探指着鱼泽鳍子。

鳍子呆住了，然后瞪大眼睛，尖声大笑起来。

"什么呀，我怎么会做那种事？太好笑了！"

"你别装傻了，没有用。你早就想杀掉海老原女士了。因为她知道锅男少爷的秘密。"

"什么？又是这个啊。"我不由打了个趔趄，问道，"这回又是什么秘密？"

"一个特殊的爱好。"

"爱好？"

"虽然很难说出口，但我还是说出来吧。"天下一深吸一口气，说道，"锅男少爷非常喜欢幼女。不，要是仅仅喜欢还好，他还会经常搞点'恶作剧'。"

"恋童癖！"我大声喊道。

一直老老实实坐在母亲身边的锅男，哭丧着脸，喊道："妈咪……"鳍子握住儿子的手，瞪着天下一，眼睛里充满愤怒的血丝。

"那……那……那你有什么证据？证……证据在哪里？"

"海老原夫人的女儿可以证明。她现在被寄养在东京的亲戚家，已经上初中一年级了。她很不愿意回忆那段凄惨的过去，但还是告诉了我。我去东京，也是为了确认这件事。你一直害怕海老原夫人会把这件事讲出去，于是利用这个机会把她杀掉。根据歌谣的内容，还准备了枕头和被子。"

不知是不是因为无法反驳，鳍子沉默了。这时，蛸田八郎小声说道："原来是你干的。"

"那第三个案子呢？"我问道。

"那是蛸田先生。"天下一答道，"第二个案子发生之后，蛸田先生发现这两件事和童谣的内容符合，不由得窃笑。虽然不知道是谁干的，却正合他意，事情变得错综迷离。于是，蛸田先生想到再次利用这个机会，除掉另一个绊脚石——大矶先生。大矶先生曾经和海苔子小姐交往过，并以她的艳照要挟，勒索蛸田先生。"

"什么……那第四个案子呢？"

"是鳍子夫人。看到局势越发混乱，她想借机再杀一个人。滨冈夫人的女儿也曾经被锅男少爷侵犯过。鳍子夫人为了堵她的嘴，每个月给她很多封口费。"

"那第五个呢……"

"是蛸田先生的罪行。"不知道是不是有些不耐烦了，天下一变得有些粗鲁，"港川先生也曾是海苔子小姐的恋人，手里有海苔子小姐亲笔写的结婚登记申请。"

"那第六个应该又轮到鳍子夫人了吧？"

"您明鉴。高波夫人和海老原夫人关系很好，也知道一点锅男少爷的爱好。"

说到这里，读者诸君也就知道了吧。蛸田八郎和鱼泽鳍子就这样交互进行他们的杀人游戏。这样也就分不清是谁蓄意杀人，谁顺便杀人了。

说完第九个案子的凶手是蛸田，天下一的推理解说也就暂告结束了。

我看了看蛸田父女，又看了看鱼泽母子，说道："你们还有什么话说？没有什么要反驳吗？"

最先抬起头的是蛸田八郎。原本以为他会认罪，就此结案，谁知他瞪着坐在对面的鱼泽母子，怒道："畜生！我竟然想要把自己的女儿嫁给你这个变态！"

鱼泽鳍子闻言自然也不会沉默。

"什么？你那个女儿不也是个荡妇吗？"

"你说什么？你这个臭老太婆！"

"什么？你这个糟老头子！"

双方撕扯打斗起来。

我叫来增援的警察，制止了双方。戴上手铐之后，他们仍像发情的猫一般嘶吼不已。

我和天下一、鲸冢夫妇一起离开了蛸田的家。

"啊，这次的破案推理可真厉害！没想到在童谣杀人事件的背后，掩盖着这样的真相。"鲸冢町长一个劲儿地说，似乎非常钦佩。

"关键在于我发现了这次事件中趁机杀人的可能性。这样，不在场证明就没有意义了。"天下一非常得意地答道。

"哈哈，原来如此。还好只有一个人趁机杀人。"鲸冢说道，"如果其他人也利用这次事件趁机杀人，也没什么可奇怪啊。"

"啊，是啊，没错。"天下一说。

我停下了脚步。

"怎么了，大河原先生？"天下一回头看着我。

"那个童谣好像还有一句呢。"

"是啊。'一个小孩独自活，结婚的时候，一个也不剩。'这又怎么了？"

"嗯……"

我有一种不祥的预感。

如我所料，从第二天起，岛上四处发生命案，几乎很难找到相同点，只有一点例外——每一具尸体都穿着结婚礼服，手里拿着献礼的酒杯。

我这才明白这篇小说的标题的寓意，叹了一口气。

第十章　不公平的样本　推理小说的法则

"警部，发生了杀人案！"我正在桌前整理文件，一个部下匆匆跑过来说。

　　我伸手拿过上衣，问："在哪里？"

　　"在××町的大黑家。男主人一朗被杀了。"

　　"大黑一朗可是名士啊。好，我们走。"我一边将胳膊伸进袖筒，一边站起身来。

　　大黑一朗是大黑制药公司的社长。据我所知，这家属于中下游的公司，一度经营困难，难以为继，但是最近情况有所好转。

　　大黑的宅子和主人的姓氏给人的印象完全相反，墙壁上贴满了纯白的瓷砖，让人感觉二楼拱形的阳台上会有迪士尼乐园里的公主出现。但是，从玄关旁边那个没人清理的垃圾箱来看，这里似乎有些异样。

　　出来迎接我们的，是一个约五十岁的瘦女人。她自称是女佣，叫绀野绿。她声音颤抖，似乎非常害怕。

"受害者在哪里？"

"在这边。"

跟在女佣的后面，我们来到一间非常宽敞的起居室。一个男子倒在巨大的沙发旁边，身边围着一个中年女子、一个年轻男子和一个医生模样的白衣男子。中年女子将头埋在沙发里啜泣着。年轻男子和医生则表情沉痛，坐在沙发上。

我先进行了自我介绍，然后确认他们的姓名。正在哭泣的是被害人的妻子大黑伸子。年轻男子是大黑的儿子次郎。医生的名字叫……啊，算了，反正叫什么都无所谓。

死者穿着一件浅蓝色睡衣，不知是不是在被害前挣扎过，衣领大敞。

"是毒杀。这一点肯定没错。"医生低头看着尸体，断言道。

"那是……"我用手指着桌子。那儿放着一个扁平的巧克力盒子。

"好像是今天早晨有人送来的。"次郎答道。

我问医生："莫非巧克力有毒？"

"也许。有一块吃了一半的巧克力，看，在这里。"医生指着淡紫色的地毯。

我点点头，叫来法医。

在进行现场勘查的时候，我决定在一朗的书房里向相关者打听情况。首先是次郎。

"我没有想到有人想要父亲的命。父亲从来没有做过一件让人怨恨的事情。"次郎皱着眉头，语气沉重地说。

我暗想，就是这样的人才会若无其事地做坏事呢。但是，这种话只能咽到肚子里去。

然后是女佣。我问她巧克力被送来时的情形。

"老爷非常喜欢巧克力，一看到巧克力就什么都不管不顾了。我跟他说这巧克力不知道是谁送来的，但他还是大口吃了起来。我做梦也没有想到巧克力里面会有毒。我去厨房想给他沏杯红茶，突然听到了呻吟……"女佣说到这里，抽泣起来。

太太伸子的状态非常不好，已回房间休息了，没法向她打听情况。家里还住着次郎的妻子高子、死者一朗的弟弟和夫，以及一个姓樱田的司机。我决定在那些人回来之前再好好地看一下现场。

"喂，这里不能随便进！你这人怎么回事？"玄关方向传来这样的声音。正在大声吼叫的是我的部下。

我过去一看，一个头发乱蓬蓬、穿着皱巴巴西装的男子，被我的部下拽住了衣角。

"哎呀，这不是天下一吗？"

"啊，警部。"天下一看着我，一副很怀念的样子，"这次的案件是由您负责啊。"

"是您的熟人吗？"部下问我。

"也算不上。很多警察都知道他。"

"尤其是经常受到大河原警部的关照。"天下一挺起胸脯说道。这家伙可真多嘴。

我故意咳嗽了一声，问："你怎么会在这里？"

"是我叫他来的。"随着话音，一个年轻的女子走了进来。她浓妆艳抹，珠光宝气。

"您是……"

"大黑高子。"

"啊，次郎先生的夫人。"我点点头，"您为什么要叫天下一来？"

"为什么？这还用问，不是因为出事了吗？我从朋友那里听说了天下一先生的事情。他可是一个头脑清晰、博学多才、行动力超群的名侦探。"

"哪里哪里。"天下一一脸害羞。

"所以，这次的案件，我想一定得请天下一先生来，警察可靠不住。"说到这里，高子似乎才意识到她正与警察交谈，忙用手捂着嘴，说道："啊，对不起。"

我又咳嗽了一声，看了一眼侦探。

"既然如此，我也没有办法了。只希望你不要打扰我们破案。"

"嗯，明白。"天下一爽快地点了点头。

当然，这个时候我在想，捣乱的家伙又来了，并且表现得很不情愿。但是，小说的主人公是天下一侦探，他的登场在小说一开始就已设置好，这没有办法改变。作为配角的我，只能采取这样的态度。

我们和侦探一起，再次调查了现场。首先受到关注的，不用说，自然是巧克力。

"这是一家著名糖果店制作的，不是在什么地方都能买到。若是在这两三天卖出的，说不定店员还记得买主呢。"天下一看着包装纸，说道。

"这种事，我当然也知道。所以啊，我才想，让部下去找找那家店。"我装出一副若无其事的样子。

天下一拿起被撕坏的包装纸。

"收件人的姓名是用绿色圆珠笔写的。都说用绿色墨水写信代表分手，不知道会不会和这个有关系。寄件人是习志野权兵卫。"

"没有听说过这个人。"次郎不知何时来到了我们旁边。

"这是当然啦。"天下一说道,"这个名字就是根据无名氏权兵卫的同音字编出来的。"

"啊,是这样。"次郎有些懊丧。

"给我看一下。"我从天下一手上夺过那张包装纸,"哦,习志野权兵卫……这里还写着地址,肯定是瞎写的。哎呀……"

"怎么了?"部下问道。

我指着邮戳说道:"看这个。包裹的收寄局就在附近。"

啊?在场的几乎所有人,不,准确地说,除了天下一,所有人都朝我指的方向看过来。

"真是呢。"

"这是怎么回事?"

部下也纷纷说道。

"嗯……"我沉吟了一会儿,对大黑家的人说道:"对不起,大家能到另外一个房间等候吗?"

"哎呀,这是为什么啊?"大黑高子竖起了眉毛。

"我们想就调查的问题商量一下,很快就好。"

"哦,好吧。"

大黑高子等人离开之后,我对部下做出了指示。

"分头去找绿色笔芯的圆珠笔,说不定就在这栋房子里。"

"啊?这么说……"一个部下非常吃惊地说道。

"对,凶手极有可能就是死者的家人,所以才会去那么近的邮局。"

"原来如此。"部下明白了我的意思。

"啊，当真？"在一旁听我们说话的天下一歪着头说，"凶手不会那么傻的。要是凶手果真是家人，怎么可能利用家门口的邮局！这样不是太明显了吗？我觉得凶手不会这么做。"

"赶紧闭嘴吧，你这个外行侦探懂什么！依据我办案多年的经验和直觉，一定是这样！"我吼道。我也知道自己这个推理太随意，但是，不这么断言，将不利于故事情节的展开。

听到我的呵斥，天下一沉默了。我再次向部下发出了寻找绿色笔芯的圆珠笔的命令。大家立即分头行动了。

大约三十分钟之后，两名部下一脸紧张地回来了。其中一个拿着一块揉成一团的手帕。

"这是在一朗书房里的垃圾箱中找到的。"他在我面前打开了那团手帕。

里面是一支绿色笔芯的圆珠笔。

"好，解决了。"我拍了拍手。

"让大家到这里集合！"

正巧，一朗的弟弟和夫与司机樱田听到消息回家了。他们，还有大黑伸子、次郎夫妇、女佣绀野绿一共六人聚集在起居室里。

在我说出找到绿色笔芯的圆珠笔之后，所有人的脸色都变了。

"简直是瞎说！竟然说自己人是杀人凶手。"

"一定是搞错了。"

"脑子有问题吧！"

"一派胡言！"

大家纷纷抱怨。"安静！"我严肃地说，"我理解大家的心情。但是，这是客观的事实。所以，从现在开始，我想请大家留在家中，不要走出一步。在此期间，我们将尽全力找出凶手。请大家务必配合。”

大黑家的人看起来很不满，但还是接受了我的要求。我命令部下调查大黑家家人之间的关系。

"这个……"看到大家都走了，我开始跟天下一搭话，"到此为止，小说的前半部分结束了。但是，这次的诡计到底是什么？至今还不清楚呢。"

天下一挠了挠脏兮兮的头发，一脸厌烦。"我知道诡计是什么。不，读者应该也已经知道了。"

"是吗？给我解释一下吧。"

"很遗憾，现在还不能告诉您。之前我也跟您说过，诸如密室、伪造不在场证明等类型的故事，即便提前告诉了读者也无妨。但是还有一种诡计，如果提前告诉读者类型，读者的兴趣会因此减半。这次的诡计，正属于后者。"

"是吗？那我就只有期待了。"

不知为什么，天下一叹了口气，说道："期待……咳！"

"你怎么了？这么没有精神。有什么怨言吗？"

"说实话，是大为不满。我原本以为，在天下一侦探系列中，不会有这种类型出现。"

"为什么不满？"

"在读者面前，我不能说得太详细。首先，这个诡计没有个性。密室也好，伪造不在场证明也罢，虽然种类相同，但总会从中发现作者的独创性。比如，有人用物理性装置完成密室诡计，有人利用错觉制造密室。虽然都是密室,但它的具体形态是多种多样的。可是,这次的诡计,除了少部分例外,只有一种类型。甚至可以说,这一类型的作品自具有纪念意义的开山之作以来都是抄袭。"天下一激动起来,使劲儿踢了下旁边的大理石桌子,疼得龇牙咧嘴,忍不住皱着眉头站起来。"啊,要说所有的都是抄袭未免太极端了。有些作家能想出令人耳目一新的点子,创作出堪称杰作的作品,这也是事实。但是,这种依靠诡计来追求意外的作品,我可不喜欢。"

"你是想说,这篇小说就属于那种类型?"

"正是。不,说不定更恶劣。"

"为什么?"

"因为不公平。可以说它是一个不公平的样本。"

"这种说法倒是第一次听说。"我把小指伸进耳朵,左旋右转起来。

"我有一事相求。"

"什么?"

"或许现在还有一些读者不知道凶手是谁,我想给他们一点提示。否则我良心上过不去。"

"你没必要在意。不过算了,随你吧。"

"那么……"天下一猛地转身,面向读者说道,"作为这一系列小说的主要角色,我和大河原警部肯定不会是凶手。其余人都有可能。请一定要抛弃先入为主的观念。"说完,天下一又转了回来。

"就说这些行吗?"我问。

"我还想多说一点呢。但再说下去就会泄露玄机,所以不能说了。啊,我竟然要为这种骗人的作品做帮凶……"天下一抱着头,蹲下身去。

"别抱怨了，我们回到小说中去吧。"我抓住他的领口，硬把他拉了起来。

当晚，我派部下在大黑家周围巡视。我们借了毯子，轮流值班，在起居室里打地铺。不知天下一用了什么办法，他自己独享一个房间。

我偶尔也起来，在院子里来回走动。我知道，即便这样做，也不会找到任何线索，但进行这种没有任何意义的调查，正是我在这篇小说中的职责。

巡视了几番，回到起居室，我发现一个部下正在和天下一交谈。

"你干什么呢？这么晚了。"

"我心中烦躁，睡不着。警部您是去吃剩下的毒巧克力了吗？"

"你胡说什么啊，我是去巡视了。"

"天下一先生说，凶手不是这个家里的人。"部下有点顾虑地说道。

"哦。"我看着外行侦探，问道，"为什么？"

"没有动机。"天下一说道，"大黑一朗死了，谁也不会得到好处。"

"这怎么可能？有人能得到巨额遗产啊。"

"要是以前或许还有可能，但由于公司近期经营恶化，大黑的个人资产并没有多少。还了债务，再缴纳遗产税，就所剩无几。"

"那保险金呢？他应该买了生命保险吧？"我问旁边的部下。

"买了。保险受益人是夫人伸子。"部下看了看笔记本，说道。

"那么，她就是凶手。"我立即说道，"一定是。"

天下一摇头说：

"只是，金额是一千万日元。虽然对于普通人来说是笔巨款，但还不至于令人拿自己安定的生活做交换。"

"哦。"我又想了一会儿，问部下："那有没有过节什么的？或者感情纠葛？"

部下挠着头，说道："据目前的调查情况看，没有。家人都相安无事，挺和睦。"

"这不可能。有钱人家里，一般都会有这样那样的矛盾。你再去好好调查一下。"我也觉得这理由太过牵强，但还是批评了部下一顿。

部下一脸沮丧地说："是，明白。"

这时，旁边传来动静。穿着睡衣的大黑高子站在门口。

"少夫人，您怎么了？半夜还没休息？"我问道。

"我丈夫……我丈夫不见了。您没有看见他吗？"

"次郎先生？没有啊。"我看了一眼部下，他示意也不知道。

"您什么时候发现他不在的？"天下一问道。

"刚才我醒来的时候，发现他没在。还以为他上厕所了，却总也不见回来，我很担心，所以才下来的。"

白天那么盛气凌人的高子，眼中闪烁着不安。

"好。"我站起身，"我们去找一下。"

我们和高子找遍了每一个房间，当然，还把睡着的人强行叫起来进行确认，但无论如何都找不到次郎的影子。

我问在外面巡视的警察。他们都说没有看见任何人从院子里出来。

"没有别的房间了吗？"我问。

大黑和夫突然一声惊呼："啊！"

"怎么了？"我问道。

"莫非是在地下室？"

其他人如梦方醒。

"地下室？"天下一问道。

"哥哥建了地下避难所，以备意外发生。后来他觉得也没有什么必要，一直没使用……"

"请带我们去。"天下一表情严肃地说。

前往地下室的通道在二楼的楼梯内侧。乍一看，只不过是一个利用楼梯下面的空间改造的小仓库，但是打开门，里面是通往地下室的楼梯。"只有我们家的人知道这个地下室的存在。"和夫说。

下了楼梯，是一个四壁都是钢筋混凝土的房间。房间中央，一个男子仰面倒在地上。高子一声尖叫，晕了过去。

"大家都别动。"我说着，向尸体走去。男子正是大黑次郎，胸口插着一把登山刀，没有流太多血。

我叫来部下，小声说道："坏了，又失手了……"

在警察的监视下发生杀人事件，面子都丢尽了。我装出一副拼命的样子，对住在这里的每一个人取证，特别留意其中的大黑和夫。在一朗和次郎父子死后，此人将掌控大黑制药公司的实权。仅凭这一点，我就给他贴上了"首要嫌疑人"的标签。

"赶快招供，两个人都是你杀的吧！"

"不，不是我干的！我不可能做出这样的事情。"和夫哭丧着脸，一再否认。

　　没有任何证据，我无法逮捕和夫，只好抱着胳膊说："嗯，凶手也有可能是次郎自己。他出于某种原因将父亲杀害后，感到罪孽深重，自杀了。嗯，肯定是这样，这样就说得通了。"

　　正当部下也差不多要同意我的推理时，天下一出现了。

　　"不，不对，凶手另有其人。"

　　"什么？你这家伙，这里可是搜查本部！无关者请出去。"

　　"不信就请您跟我去大黑家，我给您找出真正的凶手。"

　　"你这个外行侦探，开什么玩笑！真有意思。我倒要看看你会有什么样的推理！"

　　我率众朝大黑家进发。

　　按照惯例，相关人员都聚集在大厅里。天下一缓缓向前迈了一步。这是推理小说中司空见惯的一幕。

　　"各位，"他开口说，"对于这次的案件，一开始我也非常苦恼。因为我无法描绘凶手的样子。到底凶手是一个什么样的人？出于什么目的？可以说，完全没有头绪。于是，我开始想能够成为凶手的条件：第一，要对大黑家很熟悉，这一点从凶手知道大黑非常喜欢巧克力和知道地下室的存在这两件事就能判断出来。第二，在次郎被杀当晚，凶手在这个院子里。第三，能够将绿色笔芯的圆珠笔扔进一朗书房的垃圾箱中的人。"

　　"你说话真奇怪。这么说不是将这个家中的所有人都当成嫌疑人了吗？"

　　"的确，从前两个条件来看是这样。但第三个条件不同。"

　　"怎么不同？"

"连绀野绿小姐也不知道，其实在一朗先生被杀的当天早晨，他自己清理过书房的垃圾箱。他将垃圾装进塑料袋后，将袋子放到玄关旁边。袋子里有很多撕碎的信笺，这一点能证明我的说法。可能是他不想让人看到信的内容，所以才自己打扫的吧。"

"啊！"我不由得叫出声来。这么说来，我们刚来到这里时，门旁的那个垃圾袋，是大黑一朗扔出来的。

"从那个时候开始，垃圾箱就应该是空的。也就是说，圆珠笔是在那之后被扔进去的。那么，谁有可能这么做呢？首先，要排除当时不在家中的和夫先生和司机樱田先生。另外，伸子夫人、高子夫人、次郎先生和绀野小姐都在餐厅里。这是大家说的——在邮递员送来巧克力之后，惨剧发生之前，谁也没去过二楼的书房。"

"也就是说，谁都没有机会。"和夫说道。

"是的。"天下一点头道。

"咦？按照你的说法，凶手不在这里了？"我看着天下一的侧脸说道。

"不，凶手就在这里。"

"但是，你刚才的意思是……"

"警部，"天下一说着，转向我，"能够具备我刚才所说的这三个条件的人只有一个。"

"是谁？"我问道。

"谁？"

"是谁？"

大黑家的人也都一起追问。

天下一深吸了一口气，又慢慢地呼出来，舔了一下嘴唇，说道：

"能够不被任何人怀疑，随意在院子里行动，又能够将绿色笔芯的圆珠笔扔进垃圾箱的人，就是你，警部。"

他指着我。

所有人都瞪大眼睛，发出惊讶的叫声。

"什么？真是胡说八道……"

"你认罪吧。"他说，"你以取证为名，进入一朗先生的书房之后，偷偷地将圆珠笔扔进垃圾箱。"

"我为什么要做那种事情？"

"你别装傻了。我已经掌握了所有的证据。"

"别再开玩笑了！你到底查到了什么？"我大声喊道。

"我到凶手买巧克力的店去调查了，并让店员看了你的照片。你当时虽然戴着面具，但店员记得你额头上有块伤疤。"

我不由得摸了一下额头，那里的确有块伤疤，是年轻的时候被某个罪犯砍伤的。

"我还有一个证据。在次郎先生被害当晚，你巡视回来，我问你是不是去吃剩下的毒巧克力了，那是因为在你的衬衣上有一块巧克力颜色的东西。我认为，那其实不是巧克力，而是溅出的血液。只要查一下那时的衬衣，就能真相大白。"

"啊……"我一时想不出应如何反驳，呆呆伫立。

"警部先生为什么要做出这样残忍的事情？"大黑伸子说完，再也说不出话来，连连摇头。

我瞪着她一本正经的脸。

"为什么？那是因为，残忍的是你们！你们才是杀人犯！"

"什么？为什么说我们是杀人犯？"

"你们还装无辜！难道你们忘了花子？"

"花子？啊！"大黑伸子脸色骤变，"你是她的……"

"父亲。"我瞪大眼睛说道。

我的女儿花子曾经和大黑次郎交往，还有过婚约。她经常到大黑家来玩。但是，大黑次郎突然抛弃了她，与大黑制药公司的主要客户、某大公司社长的女儿高子结婚了。这肯定是大黑一朗和伸子命令儿子这么做的。花子受不了这样的打击，上个月自杀了。从那时开始，我就决定复仇。

"她自杀……我们完全不知道这件事。"

伸子一副垂头丧气的样子，但是现在再难过也不能挽回了。

"果然如我所料。"天下一说，"你声称在巧克力里下毒的凶手就在内部，是为了方便自己以调查为名，在院子里行动。"

"正是。"

"你是从你女儿那里听说大黑一朗非常喜欢巧克力以及大黑家有地下室的吧？"

我点了点头。

我的部下战战兢兢地走近，惶恐地给我戴上手铐。从他们的表情可以看出，他们无法相信这一切。

"这是什么啊！"天下一挠着头发，"最终还是出现了。'作为叙述者的我就是凶手'这种老套的类型，无论谁都能制造出的意外，毫无艺术性和技巧性可言！"

"啊，可别这么说。"我安慰道，"也有推理迷喜欢这样的意外呢。"

"那不是真正的推理迷！"他说道。然后他转向读者，深深地低下头，说道："对不起，这次是不公平的。对不起。"

这时，随着哐当一声响，一个男人走了进来。这个蓄着髭须的人喘着粗气，看看大家，挠着头皮说："啊，对不起，我来晚了。有件案子让我一直脱不开身。"

　　然后，他——大河原警部，瞪大眼睛看着我，说道："怎么了，金田警部？你的脸色不太好啊。"

第十一章 禁忌 无头尸

这座塔除了一楼是四方的，整体上呈圆柱形。除了某些位置的窗子之外，它全无凹凸，是一栋非常单调的建筑物。

由于长时间向上凝视，脖子酸疼。我用右手轻轻敲着脑后。

"高度大约六十米。"辖区的刑警说。他还昂着头往上看，鼻孔里藏着的鼻毛清晰可见。"直径据说有六米。"

"是作为灯塔修建的吧。"

我想开个玩笑，没想到他非常认真地回答："不，我觉得不是。灯塔建在陆地的中央，也没有什么用。"

"我明白了。那是瞭望塔吧。"

"对不起，好像是我故意处处反驳您一样。在这个时代，哪里还有瞭望塔……"他还没有发现我在开玩笑，依旧十分认真地答道。

"那么……"我故意咳嗽一声，"这座塔到底是干什么用的？"

"据这家人说，是为了在上面冥想而建的。"

"冥想？为什么？"

"据说户主雨村厌倦世间人际关系的错综复杂，并不时抱怨。每当这个时候，他就会登上这座塔，寻求精神上的放松。"

"哦，原来有钱人也有有钱人的烦恼啊。"

我在塔的周围巡视了一番。塔的南侧有一栋看起来像欧洲贵族居住的大宅子，北侧是一个小高坡，西侧有一片树林，东面则是专用的高尔夫球场。这些都属于雨村家，真的很有钱哦。

"昨天晚上，都有谁在雨村家？"

"目前能查明的，是二十三个出席家庭聚会的亲戚朋友。"

"有风间大介吗？"

"没有。风间不仅没有参加聚会，据说连宅子都没进去。"

"怎么回事？"

"不知道。他好像直接来到塔这儿。"

"哦。"我再次抬头看了一下塔，"好，不管怎样，我们先进去看看。"

已是早晨，塔里却非常昏暗。正对着塔门的是管理员室，一位瘦瘦的老人正在看电视。老人看见我们进来，慌忙戴上眼镜，微笑致意。

"他看到风间了。"刑警说。

我决定向老管理员打听案情。

"风间先生是在夜里十一点半左右来这里的。他进来之后什么也没有说，就直接登楼梯了。虽然风间先生偶尔也会来这里，但这个时间来却有点奇怪。可我当时也没怎么在意。"老管理员一边不停地扶眼镜，一边说道。

"你肯定是风间吗？"为慎重起见，我再次询问。我觉得他的视力有点靠不住。

听了我的话，他似乎觉得有点奇怪。

"是风间先生，我不会看错的。不管怎么说，前几天我才换了副新眼镜。"说着，他摘下度数很高的老花镜给我看。

"他穿什么衣服？"

"应该是一件黑色晚礼服。"

看来，他原本是想出席聚会。

"在风间之前，有没有人上过塔？"

"没有。"老人断言。

"在他之后呢？"

"也没有。"老人的语气依旧很坚决。

"你确定？"

"没错。由于风间先生老不下来，我觉得很奇怪。十二点半左右，宅子里的秘书来了。"

"秘书是不是说雨村先生不见了，来找他？"

"是的。他问我老爷有没有来过这里。我说老爷没来，风间先生倒是在这里。他感到很奇怪，便上去了。"

"于是……就发现了吗？"

"好像是。"旁边的刑警回答。

"明白了。我们先上去看看吧。电梯在哪里？"

"没有电梯。"管理员回答，"请走楼梯。"

"什么？你让我们爬六十米？"

"嗯……"管理员点了点头。

我看了一眼一脸歉意的刑警，又看看管理员，叹了口气。

我们爬上沿塔壁内侧修建的螺旋状楼梯。似乎塔的主人雨村一口气爬上去也很费劲儿，所以在中途有好几处放着椅子。为了方便观赏外面的风景，每把椅子后都有窗子。窗玻璃是嵌入式的，无法打开。

　　"听说风间……呼呼……是一个冒险家？"我气喘吁吁地问辖区刑警。

　　"是的……呼呼……雨村是……吁吁……是风间的……呼呼……赞助人。"

　　"为什么……吁吁……雨村……呼呼……赞助人？"

　　"两个人……高中同学……据说是这个关系。呼呼……"

　　我们腿脚发软，终于爬到了最高点。打开铁制的门，眼前是一个圆形凉台。

　　"啊，大河原警部，您辛苦了。"先到的部下跟我打招呼。四名侦查员正围着一块蓝色的塑料膜。从塑料膜的一端，伸出两只穿着皮鞋的脚。

　　"这就是被害人吧？"虽然一眼就能看明白，我还是问了出来。

　　"是的，您要看一下吗？"一个部下问。

　　"当然。把塑料膜掀开。"

　　部下脸色沉郁，半蹲着掀起塑料膜的一角。一具穿着晚礼服的尸体映入眼帘。

　　"啊！"我稳了稳身体。见过太多尸体的我仍感觉有些不舒服，虽没有呕吐，但还是忍不住皱起眉头。

　　尸体没有头颅。

我无语伫立，背后响起一阵脚步声和喘气声。回头一看，是天下一大五郎。他依旧穿着一套皱巴巴的西装，刚爬上来。

"哎呀呀，呼……呼……大河原警部。"侦探看着我，一脸高兴。

"你来干什么？"

"干什么？当然是工作啦。不是说发现了一具无头尸吗？啊，那就是吧。"天下一推开我，靠近塑料膜。"啊！"

"哦，大名鼎鼎的你也会害怕啊。"

"吓了一跳。对了，大河原先生，被害者的身份查明了吗？"

"风间大介，一个冒险家。"

连同管理员告诉我的，我向天下一说明了情况。原本，在现实中，警察不可能向外行侦探泄露侦查信息，但如果这样，故事将无法进展，所以我才一股脑儿地告诉他。

"嗯。看来还有很多谜团。"天下一说。

"我当然知道。从现场来看是他杀，这一点绝对没错。但是，进入这座塔的只有风间。凶手来自何方，又隐藏到哪里去了呢？你是想说这个吧？"

"不，还有凶手为什么要把头割掉。头到哪里去了？"

"本格迷都在流口水了。"

"该有的小道具都已经备齐了。"

我下了塔，向雨村的宅邸走去，想调查一下关于昨夜失踪的雨村的事情。天下一也跟来了。

我们首先见到的是尸体的第一发现人——雾野秘书。他是一个年轻儒雅的男子，由于惊吓过度已躺倒在床上。雾野说，他当雨村的秘书已经三年了。

"昨夜的聚会，是为了庆祝社长妹妹的生日。大多数人十点左右就回去了，留宿的只有社长妹妹夫妇和几个私交甚好的朋友。十点以后各自散了，有的回到自己的房间，有的继续小酌。快十二点时，大家才发现社长不见了，到处都找不着。我想是不是在塔上，所以过去看看，没想到碰上这种事……"

雾野似乎又回想起当时的情景，脸色愈加苍白。

"风间先生接到宴会的邀请了吗？"

"不，没有听说风间先生会来。"

"最后见到雨村先生的人是谁？"

"不太清楚。大家都记得十点左右的时候，他还送众人离去……"

天下一开始提问了。"当时，雨村先生穿着什么样的衣服呢？"

秘书立刻回答："黑色晚礼服。"

侦探对这个回答似乎很满意，点了点头。

我们又见了雨村的妹妹和妹夫。妹妹云山雪子似乎对那个来历不明的什么冒险家的惨死一点都不关心，只觉得自己唯一的亲人雨村失踪才是大事，一个劲儿让我们帮她尽快找到哥哥。

她还说了这样的话：

"如果你们因为风间先生被杀而怀疑我哥哥，我想你们是搞错了。我哥哥绝对不是那种人！"

"我们并没有怀疑雨村先生。您为什么会这么想呢？"

"风间先生被杀，同一时间我哥哥失踪，按照正常人的想法，都会觉得我哥哥是凶手啊。"

我看了看天下一。天下一表情复杂，旋即低头苦笑。

见过雪子，我们又见了她的丈夫云山五郎。他长着一张四方脸，看起来很正直。据说他经营着好几家公司，只是发展不如以娱乐产业和不动产积累财富的内兄雨村荒一郎。

我问他有没有关于这个案子的线索。

"没有，我不认识风间先生。"云山语气沉着地说。

"大河原先生，我注意到一点。"问完云山夫妇，我们走到屋外，天下一停了下来，对我说。

"什么啊，这么正式。要是侦查建议，多谢你的热心，但您还是省省吧。我还不至于笨到要接受一位外行侦探的指导。"

"不。"天下一摇头道，"是关于小说情节的开展。"

"你有什么怨言？"我离开了小说的世界，问道。

"我可以容忍在某种程度上能够被人看出来的诡计，但这次也太过分了。几乎所有的读者都已经发现了。是不是得采取点什么措施？"

"哈哈，你是说'那个'啊。"

"就是'那个'。"天下一说道，"在这个时候，如果还有读者认定无头尸就是风间，不是他太迟钝，就是没有好好读小说。"

"是啊。"我同意，"尸体实际上是雨村，这一点，就连小学生都知道。"

"只要有无头尸出现，这个无头尸肯定另有其人——这已经成为推理小说的一种模式。凶手和被害人调包的故事不胜枚举。这种一看就能明白的推理，我可不想在故事的最后还煞有介事地向大家解释。"

我大笑起来。

"这一点你可以放心。按照故事情节设置,被害人其实就是雨村。作者不能否定科学手段的认定。"

"那我就放心了。那么,谜团就成了雨村什么时候上的塔、谁杀了雨村、为什么要割去头,以及风间大介又去了哪里。"

"是啊。其中最主要的还是割下雨村头颅的原因。"

"其他的谜也都可以集中在这一点上。"

"凶手割去被害人的头有几种理由呢?"

"割下头和碎尸有点不同。最大的理由还是想掩盖死者的身份。即便不可能完全掩盖,至少可以为凶手争取逃跑的时间。"

"这种理由很现实,但没有新意。本格迷不会认同。"我皱眉道。

"还有一种是为了掩盖自己的身份。凶手枪击被害人的头部,但子弹仍留在被害人的头中。为了不让人发现子弹,所以将头隐藏起来。"

"这种理由也不错,但还是有点老土。"

"那么这种呢?您有没有听说过,人在死亡之前看到的情景会留在视网膜上的说法?"

"没有。会有这种事情吗?"我吃惊地问。我第一次听说这种事情。

"不会。"天下一的回答非常干脆,"但是,如果凶手相信这种传闻,会怎么做呢?在杀人时,被害人看到了自己,会对自己不利。所以,把头割下来,处理掉。"

"这样读者就能认同吗?"我双手交叉,说道。

"这个嘛,得看作者的手段了。"

"这次应该不会这样吧。这篇小说的作者可没有这样的手段。"

"是啊。"天下一坏坏地笑道。

"说不定是一个很意外、很单纯的理由，只是为了满足一种猎奇的兴趣之类的。"

"要是那样，我们就狠揍作者一顿吧。"

我们互相看了看，点了点头。

就像我预言的那样，不久，我们就辨明死者并非风间大介，而是雨村荒一郎。此前都是把死者当成风间大介进行调查的，所以一切重新开始。我们从死者体内检测出烈性植物毒素。

原本还担心哥哥会被警察怀疑的云山雪子，一下子成了被害人的亲属，要品尝失去亲人的痛苦。

"我不信！哥哥竟然会被人杀害……而且是那样……"她趴在丈夫怀中大哭。

"您看到尸体了吗？"我问道。

"我只看到了一部分。我不想承认，但那的确是我哥哥。虽说他最近突然发胖，也有了肚子，但是我能认出来那是我哥哥。到底是谁这么残忍……"

"您也没有任何线索？"

"没有。我简直不敢相信，哥哥会被人怨恨。"

有钱人怎么可能不被人怨恨呢——我在心里这样想着。但是看到雪子痛苦得几近歇斯底里的样子，我选择了沉默。

最初被认为是受害者的风间大介，已经完全成为嫌疑人。调查发现，雨村曾想取消对风间的资助。可以推测，风间为了阻止此事，决定杀了雨村。我们开始出动所有警力寻找风间。

但即便找到风间，还有几个问题是应该解决的。

在之后的搜查中，我们发现瞭望台正下方的泥土中混杂着大量血迹，还发现了疑似行凶器具——锯。或许这里就是割头的第一现场。但要是这样，无头尸又是怎样被搬到塔上的呢？

不过，关于风间如何从塔上消失这一点，已经大体有了头绪。我们调查到，风间有跳伞设备。一个冒险家，有这种东西也理所当然。

"可能就是跳伞下去的。那个时候，外面几乎没有人了。他能够很轻松地逃掉。"

在调查会议上，我说出了推测。

"但按照管理员的说法，风间上去的时候，并没有带那么大的东西。"一个初出茅庐的年轻刑警狂妄地反驳我的说法，"还是用绳子逃跑的吧？"

"那位老人的证词不可靠。虽说他新配了眼镜，但在此之前视力似乎非常不好。更重要的是那座塔，根本没有可以拴绳子的地方。一定是降落伞。"我强行让大家赞同我的说法。

一个刑警忽然飞奔进屋。

"不好了！"

"怎么了？这么吵。"

"啊啊，发现了风间的尸体。"

"什么?！"我站起身来。由于用力过猛，小腿撞到了桌腿上。

风间的尸体是在塔西侧的树林中发现的。绳子挂在树枝上，是吊死的。

"啊，风间这家伙，见自己逃不掉，就自杀了。"

不久，我们在附近发现了装在塑料袋里的雨村的头。发现者是个年轻警察，呕吐了好一阵子。

"警部，在对面的树林里发现了这个。"一个部下走过来，递过一个黑乎乎的东西。

"什么啊，这是？像是收音机。"

"和案件没有关系吗？"

"应该没有。不过是谁随手扔在那里的。"

"不，有关系。"背后传来声音。回头一看，正是天下一。他转着手杖，正往这边走来。

"你干什么啊？不要给我们的侦查添乱。"

"我无意捣乱，只想给大家揭开这个案子的谜底。"

"谜底？多谢你的好意。真不好意思，你也看到了，凶手已经自杀，案件解决了。"

"没有。真相还没有完全大白。大河原先生，对不起，请帮我把所有相关人都叫来好吗？让他们在塔下——也就是尸体的头被割下来的地方集合。"

众人聚齐后，天下一做了个深呼吸。这篇小说的高潮就要到了。

"杀死雨村的是风间，这一点没有错。风间约雨村在塔下见面，花言巧语诱骗雨村喝了毒药，将他杀害。然后，风间若无其事地走进塔中，让管理员看到自己之后，便爬上楼梯。"

"喂，等等。就这么把尸体放在外面？"我问道。

"是的。尸体就放在下面。可是，上了塔的风间犯了一个错误，那就是管理员发现了他是风间。实际上，风间的如意算盘是令眼睛不好的老管理员无法辨明自己是谁。但很不巧，老管理员刚换了新眼镜。"

"唔。"

"风间并没有注意到这一点，而是按照计划爬到塔顶，等待尸体。"

"等待尸体？什么意思？"

"就是等待同伙将尸体弄上来。"

"什么？同伙？"我大声说道，"有同伙？"

"是的。在风间的尸体不远处，有一个像收音机的小东西。那是对讲机。风间和同伙就是通过这个在塔上与塔下对话的。"

"谁？你说的那个同伙是……"我环视四周。大家都不安地相互看着。

天下一指着站在雪子旁边的男人，说道：

"就是你，云山先生。"

"什么?!"发出惊叫的是雪子。

"你、你、你说什……什……什么啊!"云山拼命摇头，结结巴巴地说。

"我调查过了。你的公司现在经营困难，而你能依靠的只有内兄雨村。但雨村最近非常讨厌你，因为你在外面包养情人。"

"啊？"雪子瞪大了眼睛，问道，"是真的吗？"

"他胡说！怎么可能是真的！"

"很遗憾，这是真的。雨村曾经向亲近的人透露过，他非常气愤，甚至想让雪子夫人跟你离婚。要是这样，你将陷入困境。打开这种局面的方法只有一个，那就是杀掉雨村。于是，你决定和有着相同目的的风间联手。"

"你瞎说！胡说八道！"云山大声喊道。

"侦探先生，我丈夫到底做了什么？"雪子极力压抑自己的感情，似乎想把事情搞清楚。

"通过对讲机与风间联络后，云山开着自己的车来到塔下，也就是这个地方，发现雨村的尸体后，准备往塔上搬运。"

"喂，等一下。"我插嘴说，"尸体这么重，如何搬上去呢？"

"很简单，使用了这个。"天下一说着，打开了停在旁边的汽车后备厢，里面有一卷卷起来的苫布和一个笨重的气泵。苫布打开后，呈巨大的圆形。不，说是圆形不太恰当，应该是一个瘪了的球形。

我惊叫起来。"这莫非是……"

"对，就是巨型氢气球，这是风间为下次旅行向某家橡胶公司定制的。他作案时使用的应该也是同一种东西。"

天下一将气球一端的钩子系在我的腰带上。

"啊，你干什么？"

"云山就是这样，把钩子系在死者的腰带上，然后往气球里注入氢气。"

天下一打开气泵的阀门，开始通过管子充气。气球很快变大，飞了起来。天下一继续充气。膨胀的气球开始拉扯我的腰带。

"啊，放了我！"我已经站不住了，手脚挥舞起来。

"大家明白了吧。尸体就是这样被送到空中的。要是任凭气球往上飞，不知会飞到哪里，所以风间事先准备好了绳子，从上面扔下来，云山则将绳子的另一端系在气球上。风间本打算将运上来的尸体解下放在塔上，自己再乘气球逃走。"

"原来如此。"仍被系在气球上的我痛苦地问道，"那为什么又把头割掉？"

"这在最初的杀人计划中是没有的。按照计划，雨村的尸体在被发现的时候应该是完整的。正如我刚才所说，凶手原本以为老眼昏花的管理员不会看清登塔的人。如果计划顺利进行，警察肯定会断定雨村是自己跑到塔上自杀的。"

"是啊。谁都知道，雨村一有烦恼就会到塔顶上去。哦，这两个人真是坏透了。但是，这样我就更不明白他为什么要把头割掉了。"

"关键就在这里。主犯风间原本想按原计划进行。然而他的同伙云山却背叛了他。如果割掉尸体的头，就没有了自杀的说法，再杀掉风间，就能把所有罪行都嫁祸给风间。雨村死后，对于云山来说，风间成了唯一的绊脚石。"

"不，不，不是这样的！"云山吵闹起来。我让部下制止了他，可他又开始大哭。

"你否认也没有用。只要搜一下你家，真相就大白了。肯定能在你家找到气泵和气球。"

"嗯，对，赶紧去搜查！"仍然被吊在气球上的我说。

"你，竟然做出杀人这种事来，而且杀的竟然是哥哥……"一直努力保持镇静的雪子再也无法坚持，昏厥过去。

"不是，不是，我没有杀人。我谁也没有杀！"云山一边哭一边辩解。

"别装了，你这样子很难看。的确，直接杀了雨村的可能是风间，但杀了风间的一定是你。"

"不，不是。那家伙是自己失手的。气球着陆失败，绳子挂在了树枝上，不幸的是绳子的一端碰巧缠住了他的脖子。我到的时候，他已经断气了。我虽然觉得这样做不好，但还是扔掉了雨村的头，收好气球等装备，逃走了。"

"绳子缠在树枝上？真是一派胡言！"天下一竖起了眉毛。

"是真的！请相信我！"

"你为什么要割掉雨村的头？"我问，"难道不是想嫁祸给风间吗？"

"不是。把头割下来，是因为有不得已的苦衷。"

"什么苦衷？"

"啊，实际上……"云山用袖子擦了一下眼泪和鼻涕，说道，"飘不起来。"

"啊？"

"什么？"

"因为飘不起来。我拼命充气，但尸体就是飘不起来。我原本计算好了体重，但忘了雨村最近体重激增。要是继续往里面充气，气球就会破掉，那就更麻烦了，我当时非常着急。"

"莫非，是因为这个……"天下一一脸担心地问道。

"是的。于是我想了想身体最重的部分是哪儿……"

"嗯……"

"嗯……"

我和天下一都开始低吟。然后，天下一似乎突然想起了什么，问道：

"但要是这样，你为什么会带着锯呢？这不是很奇怪吗？"

"啊，那个啊，正巧在车的后备厢里。很幸运。"

"什么幸运！"天下一的声音开始变得粗暴，"哪会这么巧……"

"可是……"云山看了看天下一，又看了看我，挠着头说道，"难道巧合和推理小说不是孪生的吗？"

　　"啊？"

　　"啊？"

　　天下一的脸色变了。我可能也一样。

　　"你、你说什么呢？"我不由得颤声说道。

　　"真没礼貌！"

　　"不要开玩笑！"

　　"竟然说是巧合……"

　　"瞎说！"

　　"这个词是禁忌！"

　　我们攥起拳头，朝着云山一阵乱打。

第十一章 凶器

杀人手段

我一边喝着罐装啤酒，一边读着《鬼平犯科帐》，感觉有些困，便躺到床上。正当我蒙眬欲睡时，忽听有人敲门。打开台灯一看，已是深夜一点。我一边挠着头皮，一边往门边走。

　　"谁？"

　　"这么晚来打扰您，实在对不起。我是町田。"

　　我开了锁，打开门，发现町田清二一脸愧疚地站在门外。

　　"町田先生，这么晚了有什么事？"

　　"大事不好了。我实在不知道该怎么办……我妻子跟我说，去找大河原先生商量一下怎么样……啊，那个，我听说大河原先生您是东京有名的警部。"

　　"啊，也没那么有名啦。你所说的大事不好是……"

　　"就是……"町田先生咽了一口唾沫，说，"我哥哥死了。"

　　我不由得挺直了身子，双脚更是瞬间离地两厘米。

　　"你说什么？在哪里？"

"在中庭。您能来看一下吗？"

"当然。哦，我要先换一下衣服。"

我回到床边，穿上衬衫和裤子。没想到来这种地方也会卷入案件，真是没有办法。

换好衣服，我跟着町田清二走下楼梯。

我唯一的爱好就是旅行。每当办案告一段落，我就会轻装上阵，乘夜行列车出去旅游。

这次，我来到一个叫异文峰的地方。四周群山环绕。每座山的海拔都不高，却非常险峻。据说这里的食物都是用卡车运来的，每周一次。一般的游客几乎不会到这里来。这里只有一家旅馆，住在里面的都是常客。他们似乎都非常中意这个与世隔绝的环境。

我也是这家"口字馆"的常客。日夜被各种案件缠身，就会想来这种地方，洗涤一下自己的灵魂。

这个旅馆原本是町田清一郎的别墅。由于交通不便，没有派上用场，就这样闲置又有点可惜，他便将别墅交给了弟弟夫妇，让他们做管理员，当成旅馆经营起来。他的弟弟就是町田清二。

听到旅馆的名字，一定会有不少读者觉得很奇怪。取这个名字并不是为了好听，仅仅是因为从高空俯视，整个旅馆就像"口"这个字。中庭位于正中央，四周都是房屋。一楼除了管理员夫妻的房间，还有餐厅和休息室等，二楼共有八间客房。楼上还有房间，供主人来时使用。

一楼面对中庭的部分安装了落地玻璃窗，可以一边眺望人工庭院，一边进餐饮酒。在二楼和三楼，扶着围栏可以看到下面的庭院。

中庭顶部也嵌着玻璃，不管时间和季节如何推移，阳光总是十分充裕，晚上还能遥望星空。

我和町田清二走下楼梯，发现昏暗的休息室里坐着一个人。我原本以为是尸体，结果不是。那个黑影转过身来。

"泰子，之后有什么变化吗？"町田清二问道。

"没有。"泰子夫人回答。然后看着我说道："大事不好了。"

"清一郎的尸体呢？"

"在那里。"町田清二说着，打开手电筒的开关。

我循着手电筒的光线看去。那是中庭。隔着窗玻璃，能看到中庭的观叶植物。旁边，有一个男人倒在地上，脑袋光秃秃的，身形肥胖，让人想起相扑选手。这一定是町田清一郎了。他身穿蓝色长袍，上面似乎浸染着些许黑色斑点，好像是血。再仔细看，玻璃上也溅有血。的确，一眼就能看出来，这个人已经死了。

"尸体是谁发现的？"我问这对夫妻。

"我。"町田清二答道，"在巡视的时候发现的。"

"几点左右？"

"这个……"他用手电筒照了一下手表，"应该是在一点左右。"

"听到什么动静了吗？"

"没有。什么也没听到。"

"在此之前你是什么时候经过这里的呢？"

"十二点左右。那时什么也没有，我巡视了一圈，检查了一下锅炉，然后回来一看……"

接下来好像是要说：就发现了尸体。

"我想仔细看一下，能进中庭吗？"

町田清二拿起挂在腰间的钥匙串，走向中庭。四周都是玻璃，只有一面有门。他打开了门锁。

"你们不要靠近。"我说着，拿过手电筒，独自走进了中庭。

町田清一郎倒在地上，像是在仰泳。睡袍敞开，露出了圆圆的肚皮。

外伤有三处，分别位于胸部、右大腿和左手掌，均为锐器所刺。特别是左手掌，被刺穿了。

"哇，真惨啊！"头顶响起一个声音。

我吓得打了一个冷战，抬起头来，只见天下一正在二楼隔着围栏往下望呢。

"啊，你是什么时候出现的？"

"你们这么吵，我猜肯定是出了什么事。"

"请快回房间吧。"

"这是什么话！我怎么可能那么做？我现在就下去。"天下一的身影从二楼消失了。

于是，当然，我做出了一副厌烦的表情，只为了表达这个意思：这个外行侦探又来捣乱了。

天下一大五郎为什么也会出现在这里，一点都不奇怪。大概是不知道从哪里听说我住在这家小旅馆里，于是也想来看看，便跟来了。

"是被刺伤身亡。"天下一一边说一边走进中庭，"没有留下凶器吗？"

"好像没有。"我用手电筒照了一下周围，答道。

"作案现场在哪里？"

"你还没睡醒吧？肯定是这儿呀。你看看这里四处飞溅的血。这不可能是伪造的。"

"哦，这个，也说不准哦。"天下一抱着胳膊，看到町田清二正一脸担心地往里瞧，便问："现在，门都怎么样？锁都打开了吗？"

"不，没有。我刚才巡视的时候，把紧急通道和玄关等处所有的门都锁上了。"

"那钥匙在哪里呢？"

"在我的房间。"

"町田清一郎先生应该也有钥匙吧。不管怎么说，他是老板。"

"不，哥哥觉得麻烦，自己不带钥匙。钥匙只有我有，就在我的房间里。"

"哦。"天下一露出得意的微笑，"这下有意思了。"

"那……我们应该怎么做？"町田清二一脸担心地问。

"这还用说？当然最紧急的是赶紧联系辖区警察。"我说道。

"啊，是，是！"町田慌慌张张地穿过休息室，去了。

町田的妻子泰子出现了。

"不用通知其他客人吗？"

我看了一眼天下一。他贴在我耳边小声说道："凶手肯定就在这家小旅馆中。"

我对泰子说：

"把所有人都叫起来。让他们到休息室集合。"

这天晚上，除了我和天下一，还有五个客人住在这里：工薪族宫本治、宫本的未婚妻佐藤莉香、随笔作家 A、正在进行环日本一周旅行的学生 B，还有画画的 C。

最有可能与案件相关的是宫本治。他任职于死者町田清一郎经营的制药公司。清一郎将这家小旅馆当成公司的疗养所，所以公司的职员有时也会来这里住。佐藤莉香是宫本的女朋友，间接地也算和清一郎有些关系，可以作为主要登场人物中的一员。而另外三个人——A、B、C，则完全是作者为了误导读者而编造出来的，和故事情节无关。这一点读者都很明白，有还不如无呢。可是，旅馆里的客人太少又显得不真实，所以作者才勉强这样做。既然这样，也没有必要为每个人都取一个名字了，干脆用字母来表示。

除此之外，还有几个人需要以字母为代号——厨师 E 和在这里打工的 F 和 G。他们住在距旅馆有点距离的别屋里，就常识而言，是无法作案的。

除了普通客人，还有一个人住在这里，那就是清一郎年轻的情人桃川好美。清一郎的妻子在十年前就去世了。好美住在三楼清一郎专用的房间里。

当然，最可疑的就是这位桃川好美。我和天下一把她单独叫到一个房间里问话。

"来到这里之后，清一郎的表现有什么异常吗？"

"没有。就连晚上做爱也活力十足。"好美毫不犹豫地答道。

"你们临睡前都说什么？"天下一问。

"这个……比如喜欢吃的东西啦，他下次要买给我的戒指啦之类的。"好美皱起眉头，"啊，人死了的话，戒指怎么办？"

"清一郎先生很快就入睡了吗？"天下一继续问。

"啊，不知道。我先睡的。不过，他好像很在意时间，看了好几次手表。"

"看表？"天下一看了看我，歪了歪脑袋。

好美走出房间之后，我叹了口气。

"从人物形象上来看，不像是凶手。情人死了，一点都不伤心，仅仅是金钱与肉体的交易吧。"

"不，说不定她是在演戏，只不过她演得更加巧妙。"天下一反驳道，"要是表现得太悲伤反而会被人怀疑，说不定是出于这层考虑呢。"

"我倒没看出来这女人会那么聪明。"我咳嗽一声，压低了声音说道，"对了，这次的案件，属于哪种类型呢？"

"这个嘛，"天下一的嘴角泛起笑意，表情从小说主人公的严肃变成了围观者的看热闹，"谁知道呢。天下一系列出了那么多，我感觉这个作者越来越没有新意了。"

"别装了，你肯定知道。这不又是在封闭的空间中杀人吗？"

"也有这个要素，但核心诡计不是这个。不管凶手是谁，都不会有太大的意外。"

"核心诡计啊。尸体在锁着的中庭中被发现，还是……怎么说呢……'那个'，你讨厌的。"

"不是密室。"天下一面露不悦地说，"中庭只有一楼被玻璃围着，对于二楼和三楼来说则是开放的。这一点您不要忘了。"

"对啊。虽说尸体的发现地点有些奇特，但还不能称为不可能犯罪。那么，核心诡计是什么呢？"

"很可能……"天下一竖起食指，说道，"是凶器。"

"凶器？"

"大河原先生，案发现场没有凶器，您觉得这是为什么呢？"

"凶器能够让案犯原形毕露，难道不是这样吗？"

"对啊，凶器也是最重要的线索。反过来说，如果找不到凶器，就会使侦破变得困难。如果无法说明凶手是如何作案的，再怎么可疑的人，也不能逮捕。"

"莫非这次案件中的凶器很难找到了？"

"我觉得是这样。对凶器进行推理，是这篇小说的主题。"

"哦。"我低叹。

"这回是被刺伤身亡。手、脚和胸部一共三处，都是锐器所致。"

"表面上看，可能是匕首或者细长的菜刀。但实际上，肯定不是这类简单平凡的凶器。"

"您是说这是凶手的障眼法？"

"不错。"

我们正说着，町田清二走了过来。

"辖区警察已经到了。"

"他们终于来了。"我站起身来。

负责指挥十几名侦查员的，是一个姓谷山的局长。他穿着一套过时的西装，一脸寒酸。谷山带着一脸媚笑走近我。

"呀，有东京来的警部先生在，我就放心了。这种小地方，从来没有发生过什么大案子，更何况是杀人事件。真是有史以来第一遭啊。说实话，我真是不知道该怎么做，慌慌张张地就跑来了。"

"那么，我能加入侦查吗？以帮忙的形式。"

"那是当然，当然。别说什么帮忙，还请您尽管下达指示。这种事，我们还是第一次碰到。"

我想大概不用再多嘴了，这种事情在现实中是不可能的。警察到了其他辖区之后，就和普通人无异。警部也不过是地方公务员。如果插手非本辖区案件，很有可能会被当地的警察说："闭嘴！"

但是，如果这样，小说就无法继续了。于是，听了谷山的话，我也就不客气了，开始向大家下达各种指令。

"那么，请首先对房屋进行彻底搜查。凶手作案后，应该还没有离开这家旅馆。凶器一定藏在旅馆中。"

"凶器吗？属下明白。"

谷山立即向部下下令，搜查客人的房间。

正如天下一所料，搜查一无所获，找不到任何凶器。

"最有名的关于凶器的诡计就是冰匕首。"在管理员室，天下一一边喝着咖啡，一边说，"或者是干冰匕首。它的优点在于可以随着时间的推移而融化消失。在本案中，首先应该考虑的，就是这个。"

"干冰应该不太可能。虽然来这里之前可以准备好，但保存起来很困难。房间里有冰箱，冰还是可以做的。"

"冰融化后会弄湿死者的衣服。"

"清一郎的睡衣没有湿。"我说，"看来应该不是冰。"

"真麻烦啊。凶器到底藏到哪里去了？"天下一嘴上这么说，却一脸兴奋。

"还有其他隐藏凶器的诡计吗？"

"还有玻璃短刀。如果扔到水中，很难被发现。另有一种带着钢丝绳的短刀，像射箭一样将短刀射出去，杀了人之后，再拉住钢丝绳，将短刀回收。这叫远距离杀人诡计。还有运用岩盐制成子弹杀人的诡计。子弹射进被害者体内，岩盐混入血液，乍一看就像是被刺伤身亡。只是，它的可行性有待确认。007系列的《雷霆杀机》中，邦德就曾以岩盐代替子弹，但射击时岩盐四处飞散，根本不会给对手造成太大伤害。事实就是这样的吧。"

一个本格推理小说的侦探，竟然提起间谍小说的人物角色，我感到有些无趣。

"如果不单纯拘泥于刀类，还有很多关于凶器的诡计。"

"是啊。那种机械性的办法，大体都可以归到此类。狄克森·卡尔①就有很多呢。"

"还有……忘了叫什么名字了，那种把凶器吃掉来隐藏罪证的骗局。"我说，"凶器是食品。"

"是啊，有呢有呢。国外和日本各有一部代表作，都是推理小说界巨匠写的短篇，就连最后的陷阱都一样。只是，使用的食物不同，这也体现了日本和其他国家饮食文化的不同，很有意思。"

"我们是不是可以认为，这种诡计还有很广阔的未来呢？"

听我这样说，天下一有些不高兴，歪着脑袋，说：

"谁知道，也有可能使用一些小道具来推陈出新。但是，如果使用一些高科技的复杂道具，反而不会让人太惊讶。"

"是啊。要是使用什么无线遥控的刀子，真会让人扫兴呢。"

"运用逆向思维制造的诡计，对我们这些侦探，更具挑战性。"

"咳，随着科技的进步和发展，我们这些本格推理小说中的居

---

① 约翰·狄克森·卡尔（1906－1977），美国古典推理黄金时期的作家，作品多设一个古怪侦探，破解种种不可思议又具超自然神秘色彩的案件。

民也越来越难以生存了。"

在我长叹了一口气的时候，敲门声响起。"请进。"推门的是谷山局长。

"大家都已经在休息室集合好了。"

"啊。"我站起身，看了一眼天下一，说道，"走吗？"

"走吧。"他也站起身来，"往后，由名侦探来解谜的场面会越来越少，这次尽量搞得热闹些吧。"

"各位，"在大家的注视下，天下一开口了，"首先我们要考虑凶手是如何将清一郎杀害的。只要弄清楚这一点，自然知道凶手是谁。"

"你别磨磨蹭蹭的，赶紧说！"桃川好美尖声说道。

"不能着急。"天下一轻轻地晃了一下食指，"据你所说，清一郎被杀之前，很在意时间。"

"是啊，他看了好几次表。"

"那也就是说，清一郎是急着去和某人见面。在确定好美小姐睡着之后，清一郎便去了那个人的房间。"

"谁的房间？"宫本问道。

天下一做出"不要着急，不要着急"的手势。

"然后，不知道他们谈了什么。但是，可能对方一开始就想要杀掉清一郎，于是找到一个机会拿出凶器，刺向他的胸口。只要看一下尸体就能明白，清一郎是当场死亡的。但是，凶手似乎并未就此满足，接着用第二和第三件凶器，分别刺向他的手和脚。"

"第二和第三件？"我插嘴道，"凶手准备了三件凶器？"

"是的。"

"为什么要这么做？"

"如果没有致对方于死地，需要把凶器拔下来，再刺一次。可这么做，血会喷出来，现场会留下血污。为了防止这一点，凶手才多准备了两件凶器。"

"我也听说过，要是不把刀拔下来，就不会流太多血。"町田啪地拍了一下手，"那么，这三件凶器，都插到我哥哥身上了吗？"

"是的。凶手就这样把尸体从屋子里搬出来，从天井扔到中庭。"

大家发出了惊呼。大概是想象到那血腥的场面了吧，町田泰子的脸色都有点变了。

"那么，凶器呢？"我问，"凶器是怎么回收的？不，不光是回收，回收之后又是怎么处理的呢？还有，你忘记了一件非常重要的事情，要是还插着凶器，那飞溅到四面八方的血痕又怎么解释呢？"

天下一微微一笑——让人感觉似乎终于有了发挥本领的机会。

"我来回答您的这两个问题。首先，凶器没有回收，还插在死者身上。"

"不可能！现场可什么都没有。"

"那不过是表面现象。凶器就在现场，只不过变了形状。"

"如何变的？"

"融化了。凶手使用的凶器是冰匕首。"

"冰？胡说八道！我们一开始不就说过了？这不可能。死者的睡衣和周围的一切都完全没有被弄湿的痕迹。"

"啊，对不起，我说错了。不是冰，而是能冻住的某种液体，不是水。"

"不是水又是什么？"

天下一嘿嘿一笑，说道：

"刚才大河原先生不是也说过了吗？现场有四处飞溅的血污。"

"什么？"

"那就是凶器的本来面目。"他转向客人的方向，"凶手将血冷冻之后制成匕首，杀害了清一郎。而在尸体落下的时候，因为与地面猛烈撞击，匕首粉碎，四处飞溅。融化了之后，就像从死者的身体中飞溅出来一样。"

天下一的声音震彻整个休息室，所有客人都呆住了。不一会儿，町田清二说道：

"哦，是这样啊。这样就能讲通了。"

众人也纷纷说了起来。

"不愧是名侦探啊！"

"真了不起！"

"太让人吃惊了！"

"也没有啦！"天下一脸都有点红了。

"哼。"我一脸无奈，"其实我也想到这一点了。不过，这次仍算是你的功劳吧。"

说这种不服气的话仍是我的使命，但我内心很平静。不管怎么说，在本案中，我们的主人公顺利地将问题解决了。接下来只需要猜凶手是谁就行了，问题不大。

就在这时，辖区警局的刑警走了过来，递给我一张小纸条，一脸为难。

我看了看小纸条。上面这样写着：

验尸结果表明，三处伤都因右腿股骨断骨端所致。

我顿时感到一阵眩晕。

断骨端，也就是断骨的末端。骨头折裂时，断骨的末端会变得像凶器一样尖锐。小纸条上写着，三处都是断骨端致伤。

这是怎么回事？我抬头看向中庭。就在这一瞬间，所有的谜都解开了。

町田清一郎是从围栏边跌落摔死的。摔下来的时候，腿骨骨折，断骨端擦破了右大腿，并在穿透左手掌之后，刺入胸部。由于骨头连着筋肉，因此在坠落的时候，断骨又弹回原处。

这样一来，是不可能找到凶器的。因为凶器就在清一郎的身体当中。

这种现象对法医来说几乎是常识，发现这一点理所当然。

那么，清一郎是被别人推下来的吗？

不。

这或许根本既不是自杀也不是他杀，而是清一郎自己不小心掉下来的。据町田清二说，之所以中庭顶嵌玻璃，就是为了隔着玻璃看星星。清一郎或许是为了观赏某颗星星，将身子探出围栏时掉了下去。桃川好美说他很在意时间，很可能是确认能够看到星星的时间。

这下可不妙了！不论怎么说，天下一这个所谓的"血冰匕首"都成了一种荒诞的猜想。

"那么，让我来告诉大家谁是凶手吧。"名侦探天下一大五郎提高了声音，说道，"就是你。"他指着宫本治。"是你杀了清一郎。"

"啊？"宫本惊讶地往后退了一步。

"在妻子生病的时候，你曾经向清一郎提出请假。但清一郎以有重要业务为由，拒不准假。你的妻子就在那天你上班的时候咽了气。你一直觉得如果自己当时能守在她身边，她也许就不会死。所以你恨清一郎。"天下一一口气说了出来。也不知道他什么时候又是从哪里调查出了这种事情。

"不是，不是，不是我！"宫本喊道，"我的确因为此事非常恨社长，但还不至于把他杀掉。请相信我！"

"不要装了，你瞒不过我的眼睛。作为制药公司的药剂师，弄到和清一郎的血型相同的血液不是什么难事。"

"简直胡说八道！我不是凶手。我什么也没干，什么也没干啊！"宫本哭了起来。

他应该不是凶手。我心里想着。不，在这个案子中，原本就没有什么凶手。

但是，事情发展到这种地步，已没法挽回了，只能委屈他充当一下凶手的角色。为什么？自然是因为这部小说的主角是天下一。他说使用的是血冰匕首，那就是血冰匕首。他说凶手是宫本，那凶手就是宫本。

"哦，是这样啊。呀，这次我可真是服了你了。"

我说出那句经典台词，偷偷撕掉了手中的那张小纸条。

尾
声

"警部，天下一先生让大家集合。"

听到年轻巡查的呼叫，我才回过神来。我坐在这个村子唯一的派出所里，拿着一个破了边的茶碗，回忆着和案件有关的各种事情。

"那个外行侦探有什么事吗？"

"这个……好像他已经侦破了这次的案件。"

所谓的案件，是一个被称为"蛇首村摇篮曲事件"的案子。

"谜底揭开了？简直是胡扯！算了，听听这个外行怎么说也是一种乐趣。在哪儿？"

"在卍家的客厅。"

不用说，这个卍家是村里的大家族和首屈一指的富豪。家里虽没有寡妇，却有年轻漂亮的女儿。但是，这次的凶手并不是这个姑娘。她是作者用来误导读者的人物。

到了卍家，案件相关者都已经聚集在客厅里。站在中间的那个男子就是天下一大五郎。

我一直都在想，这个舞台是不是能改变一下呢？凶手只是其中的一个人，只要让他认罪就行了，其他人都没有必要存在。可话虽如此，却有不少读者会说，如果单单是那样就太单调了。

"大河原警部，请到这里来。"

天下一看见我之后，指了指自己旁边。这个人总把功劳让给我，却从来没有对我使用过傲慢和粗鲁的言辞。

"你又想说一些没有头绪的推测，让我们陷入混乱吗？"

我一边盘腿坐下，一边说。虽然嘴里说着"你又"，但我心里明白，天下一侦探从来没有说过无凭无据的推测，给破案添乱。这只是我的固定台词。

"嗯，请不要担心。"

"这样就好。"

我像往常一样哼了一声，双臂交叉抱在胸前。细心的读者可能会发现，我这次的动作和以往有些细微的不同。

"各位。"

天下一像往常一样开口了。大家的脸上浮现出紧张的神情。天下一仔细地看了一遍大家，继续说道：

"这次的案件实在让人费解。我还是第一次遇到这样难解的案件。鬼王寺的和尚为什么会抱着木鱼死掉？糕点店的小姐为什么噎死？这是单纯的意外吗？这一系列按照摇篮曲的内容发生的案件只不过是出于偶然？"

"不可能是偶然。"一个叫弥助的男人站了起来，"是鬼王作祟。肯定是这样。"

"对对！"众人纷纷附和。

"不，不是。这不过是凶手设下的诡计，令人觉得是鬼神在作祟。在调查的过程中，我越来越发现这个凶手非常冷静而且聪明。首先，是和尚被杀事件——"

之后便是天下一侦探的重头戏了。他将一层一层地揭开谜底。只是，这个环节的小窍门在于，解谜的时候，先不说出凶手的名字，尽量让凶手感到着急。

进行了一番说明之后，天下一仍没有说出凶手的名字。

"那么凶手到底是谁呢？"

卍家的户主市户介老人环视一圈，说道："按照刚才的说法，凶手应该不在这里啊。"

"不，就在这里，而且只有一个。"天下一说，"我也苦恼了很久，最终才发现我原先忽略了一个大前提。本案的凶手就是……"

他看了看我。"你，大河原警部。"

一片哗然之后，现场陷入死一般的沉寂。

我注视着天下一的眼睛，皱了皱眉头，随即低下头，表现出懊悔的样子。我没有进行任何无用的反驳。因为我比谁都清楚，天下一的推理是无懈可击的，不如乖乖束手就擒。

就在我低头认罪的时候，他完成了解谜。就连动机是保护我所溺爱的女儿的性命，也没有逃过名侦探的眼睛。

"我服了，不愧是天下一。我果然还是胜不了你。"我抬起头，对他说道。

"我不愿相信这一切。我还想和你在一起工作。"

我们彼此对望着，紧紧地握手。

"快，把我带走！"我对巡查说。年轻的警察战战兢兢地推开了客厅的拉门。在将要走出去的时候，我回头说："很遗憾，这样天下一系列也就要结束了。"

"还会继续的。"

"这个嘛，谁知道呢？"

我微微一笑。或许还能维持一段时间，但肯定不会长久。不管怎么说，如今竟然让主要角色变成了凶手。而且——我不敢大声说——像这种用如此简单的方法来追求意外性的作家，迟早要江郎才尽。

"还会继续的！"

天下——个人站在那里大声喊道。

最后的选择　那之后的名侦探

在本系列的主要角色（大河原警部）都成了凶手的现在，还会剩下什么样的意外性呢？

大型游艇正稳稳地朝小岛靠近。

小岛其实是一个漂浮在日本海中、私人所有的无人岛。所有者西野刑吾①，是日本屈指可数的富豪，也是一个有名的怪人。

西野刑吾要在岛上的别墅中举办一场宴会。但是，并不是单纯意义上的宴会，因为被招待的只有十个人。至于他为什么要选这十个人，原因至今不明。

"这个西野到底有什么企图呢？"

背后传来一个声音。甲板上并无他人，身后的这个人应该是要和我说话，我回过头去。一个四方脸中年人正微笑着看着我。

---

① 日语中，"刑吾"和"圭吾"发音相同。

"不好意思。这是我的名片。"

中年人说着，把名片递给我。他叫二宫钦次，名片上还写着一个法律事务所的名字，似乎是一个律师。

"啊，我是……"我把手伸进格子西装的口袋。但是，我比谁都清楚，那里并没有名片。最近我手头紧张，根本就没钱印名片。"不好意思，我的名片用完了。"

"哦，没关系。"二宫冲我摆了摆手，"我认识您。您就是头脑清晰、行动力超群的天下一大五郎先生。"

"啊，不敢当不敢当。"我低下头，一副很不好意思的样子，心里却想：还漏了一句"博学多才"呢。

"您也认识西野吗？"二宫问道。

"算不上认识。只是以前因工作关系，曾委托我帮他们调查。他被卷入一个'不可能犯罪'的案件，连警察都没有办法解决。我非常完美地把案件解决了。"我不由得自夸了一番。这在我所解决的案件中，也差不多算是最为出色的一件了。

"哦，是那个什么密室杀人吗？"

"是啊，就是那个。"

"哦，呵呵。"二宫盯着我，"那可真了不起。"那是一种令人不愉快的笑。

"那您和西野是什么关系呢？"我反问道。

二宫挺起胸膛，说："这个嘛，和您也差不多。当时，西野的亲戚被扯进杀人事件。啊，说得更简洁一点，就是被警察当成嫌疑人了。"

"哦？"

"西野托我帮他的亲戚洗脱罪名。为证明那个人是无罪的，我详细分析了案件的每一个细节，并在法庭上据理力争。不仅如此，我还成功地找到了真正的凶手。那个案子被称为'义足杀人事件'，有一段时间家喻户晓呢。您记得吗？"

"不，我没有听说过啊。"

"是吗？"二宫好像有点生气，"不管怎么说，就是有那么一件事。一遇到事，西野总会找我。"

"真厉害啊。"

"不，其实也……是那样的吧。"说着，他又挺了挺胸膛。

说话间，游艇抵达了小岛。

看着船上所有人都上了岸，船长开动马达，离开了小岛。我们目送着船远去了。

"我们简直就像被遗弃在了这里呢。"一个职业女性模样的女人双手叉腰，褐色的头发随风飘扬，"接下来我们应该怎么做呢？"

"邀请函上有地图。"一个额头宽大的高个子男人叼着烟卷说，"据说步行到别墅要十分钟。"

"难道没有人来接吗？"一个肩扛摄像装置的男子一脸意外。

"好像没有。那我们这些老年人怎么办？"一个穷酸的老头边说边大声咳嗽起来。

"没办法。我们慢慢走着去吧。"一个看起来很大方的老太太像在安慰他一般说道。

"就这样做吧。与其发牢骚，还不如走起来呢。"一个瘦瘦的中年男人快步走了起来。

就这样，所有客人都朝着别墅的方向走去。我暗暗纳罕，这到底是些什么人呢？好像互相都不认识。

别墅面向大海，建在悬崖上。我本以为是那种很漂亮的和式旅馆式建筑，但不过是一个没有任何趣味的立方体。看起来像是用砖砌成的，或许实际上只是贴着印有砖纹的墙纸。多少让人想起以前的监狱，只是窗子上没安铁护栏。

"这是什么啊，一点情调都没有！"一个大学生模样的年轻女子说道。

铁栅栏门敞着。玄关门上贴着这样的纸条：

　　　欢迎光临。请进，门开着。

我们互相谦让着走了进去。

走进大厅，面前的两扇门已经打开了。前面好像是餐厅，中间放着一张大桌子。

远看像是圆形的桌子，走近才知道是九角形的。上面放着一张纸，写着给我们安排的房间。房间好像在二楼，每人一个单间。

"我先去把行李放下。"律师二宫说着往楼上走。

餐厅没有天花板，楼梯上有可以向下望的回廊。房间沿回廊排列。

我来到了所分配的那个好像位于东北角的房间。房间里除了一张床、一张小桌子和一把椅子之外，什么也没有。透过窗子，可以看到大海。

放下行李，我回到一楼的餐厅。其他客人也都回到了这里。

"真奇怪啊！"上班女郎歪着头说，"只有九把椅子呢。"

"啊，还真是呢。"

"真是奇怪！"

大家面面相觑。现在这里有九个人，九角形的桌子配有九把椅子，眼下正好，但还有一个人没有椅子坐。

"咦，谁不在呢？"

"是那个人——圆脸、胖胖的大叔。"女大学生说。

"怎么了？我去看看。"二宫说着便站起身来。我和其他人也纷纷起身。大家好像都有同一种预感。

二宫敲门，没有人回答。打开门，只见圆脸、胖胖的男子被人刺中背部，倒在床上，已经死去。

我们进行了自我介绍。除了我和二宫，其他人的身份如下（按小说出场顺序排列）：

三木广美——女记者

四条博之——推理小说研究家

五岛大介——自由撰稿人

六田仁五郎——赋闲的老头儿

七濑年——赋闲的老太太

八代新平——作家

九重美路菜——女大学生

被杀的是叫十文字忠文的神父。十文字和三木广美、四条博之在游艇上说过话，所以他们记得他。

"没想到西野和神父也有交往。他可是个佛教徒呢。"

"这和信仰无关。"四条说道,"据神父说,在西野的朋友被卷入杀人事件的时候,他曾经帮他出过主意,之后就认识了。"

啊——大家的脸上写着惊讶。

"那我也是一样啊!"说话的是五岛大介,"我也是这样和西野认识的。大家都回忆一下,那个茶臼山杀人事件。要是没有我,案件肯定侦破不了,简直就像迷宫一样。"

"借你的话,要说解决案件,我也是一样啊!"三木广美瞪大了眼睛,说道,"我在采访某个案件时,正好发现了事情的关键,并以它为契机,找到了真凶。"

"哦,要是这样,我也有参加的资格啊。在发生某个杀人事件的时候,西野曾经和我探讨过。我没有到过现场,仅凭对方提供的信息就推测出了凶手,我的推理非常正确。"作家八代新平扬言。

"哎呀,我……"七濑年插嘴道,"我有时在编织东西时听了案件经过,当天就能破案呢。"

"说什么呢!我啊,在酒吧里喝一杯酒的工夫,就能把陷入僵局的案件解决呢。"接下来说话的是六田仁五郎。

推理小说研究家四条也不服输,开始吹嘘自己推理的严谨,九重美路菜则向我们讲了她以自己的美色和行动力摧毁犯罪组织的故事。二宫当然也不示弱,把刚才告诉我的那些又向大家重复了一遍。当然,我也把我的事迹告诉了大家。

"哦,好像……"八代环视一圈,"受到邀请的都是曾经解决过杀人事件的人。"

"若是在推理小说中,就是那些曾经担当过侦探角色的人。"三木广美笑道。

"这个有意思。有十个侦探角色呢。"二宫说。

"是九个，"五岛更正，"有一个人已经死了。"

"事情发生得太快了。"女大学生九重美路菜的眼睛里闪烁着光芒。

"我渐渐看出西野的气魄了。"四条似乎是想强调自己的冷静和透彻，不慌不忙地说，"好像是让我们打一场推理战啊。"

"有意思。最近我也没有什么可推理的，正无聊着呢。"

"我也是。呵呵……"

所有人的视线激烈地碰撞。

我们打算先准备晚饭。厨房里贴着纸条，上面写着冰箱里和仓库里有很多食物，地下室有很多洋酒。我们并没有指定由谁负责做饭，大家一起准备。即便如此，在厨房里活跃的仍然是女性。三木广美和七濑年迅速确定了菜单，向大家发出指示。好像只有九重美路菜不擅长做饭。

"真是奇怪啊。"正在摆放餐具的五岛小声说道，"差一个盘子。"

在场的所有人都盯着他。的确，只有八个盘子。

"汤碗也不够。"三木广美说。

"勺子也是。"七濑年大声说。

"咖啡杯也是。"这是八代。

"喂，大家都在吗？"二宫问。

所有的人都迅速确认，发现差一个人。

"好像推理小说专家不在。"六田老人似乎也注意到了这一点。

"他刚才说去找洋酒来着。"

听了九重美路菜的话，大家蜂拥至通往地下室的楼梯上。

第二具尸体在地下的洋酒仓库被发现了。是吊死的。

最终，我们的晚饭变得非常简单。只是做了一些烤肉，并在蔬菜上浇一些调味汁，做成了简单的蔬菜沙拉。有很多洋酒，大家各自打开喜欢的，喝了起来。已经发生了两起杀人事件，但大家都还能心平气和地喝酒，不愧是有侦探经验的人。

"哎呀……这个，神父和推理小说专家先后被杀了。这是怎么回事呢？"六田老人一边大口大口地咬着牛排，一边小声说道。虽然是自言自语，但明显想让周围的人都听到。"第一件是用刀，第二件虽然是吊死，但应该不是自杀。"

没有一个人回应。大家应该已经开始推理了，谁也不会愚蠢到给对方提供信息。

"站在作者的角度，我觉得杀了那两个人是正确的。"五岛大介突然离开了小说的世界。可能是洋酒喝多了有了醉意，也可能是演戏。

"哎呀，这是为什么呢？"七濑年问。

"即便他们还活着，最后进行推理的也不可能是他们。神父和推理小说专家之类的形象，在以前的本格推理小说中还有可能，现在已经过时了。"

"要说神父过时也就罢了，推理小说专家当侦探的角色难道真的过时了吗？"作家八代提出了抗议。他说不定也写推理小说。

五岛用力点头。"有专业知识，并不一定就能在实际中灵活运用。或者说，他们不过是一些迂腐的专家，把很多东西生搬硬套进自己的理论框架，往往无法进行准确的推理。"

这个意见很是辛辣。

"啊，以后的时代应该属于行动派。侦探是否使用自己的眼睛和耳朵来获取信息，将成为判断一个侦探好坏的标准。"

"可以这么说。"三木广美同意五岛的说法，"我觉得，只用脑袋思考的侦探时代已经结束了，没有实际行动的做法行不通。在这一点上，像我这样经常与各类信息情报接触的人，才是侦探角色的最佳人选。"

果然，自由撰稿人和记者的想法一致。

但安乐椅侦探组也不甘示弱。

六田张开那张已经差不多没有牙的嘴，哈哈大笑起来。

"只有那些没有智慧的人才会瞧不起智慧。解开杀人事件之谜即是解开人类之谜。有着丰富的人生经验、熟知人性的人才最适合侦探角色。你们这些人，张口信息，闭口信息，实际上，在揭开真相的过程中，真正需要的信息只有那么一点点而已。而且这些信息存在于任何人都看得见的地方。所谓伟大的侦探，就是不做任何无用功。"

说完，他看了一眼旁边的七濑年，似乎想博得她的赞同。看那模样，好像是在说："对吧，老婆婆？"

"要揭开事情的真相，需要人生经验。我觉得这是一个真理。"老婆婆果然赞同老头子的说法。但是，接下来的话却不同了。"但是，用不充分的信息进行推理是一种罪恶。我不会那么做。"

遭遇了老婆婆的背叛，六田的脸都绿了。他正要开口，律师二宫问道："呵呵，七濑夫人，您是说您掌握的信息总是很充分吗？"

他语带揶揄，"我以前还以为您只是在家里做点编织物什么的呢。"

"我的外甥是警部。"七濑年不甘示弱，炫耀道，"在每次案件发生的时候，他总是能给我带来很多信息。他好像很依赖我。"

"原来是这个类型啊，"二宫一脸厌烦，"推理小说家想尽快塑造一个系列角色时的俗套手段。要么朋友是警官，要么家人是刑警，要么恋人或配偶是搜查一科的警部，就是这样吧。这样就能简单地把人物和案件联系起来，而且使这个人物从中得到案件的相关信息。这些好用的伙伴哭丧着脸，说什么警察无论如何也破不了案，并喋喋不休地向普通人讲述侦查中的秘密。我真想让你告诉我，哪里会有这样的警察呢？当然，我的意思是说在小说世界以外。"

听了二宫的话，七濑年气得歪着嘴，一时说不出话来，但很快又开始反击。

"这可能是有点不现实。但我只是将自己的推理告诉外甥，这并不过分。最为过分的是，有些侦探角色竟然仗着自己家人任警界要职，就好像觉得自己持有了水户黄门的印盒①一样，混入刑警中一起调查。"

"啊，竟然有这样的人？"三木广美竖起了眉毛，"真是不知羞耻！"

"当然有。就在你旁边。"

所有人的视线都聚集在坐在三木旁边的五岛身上。

"不是，请等一下。哈哈哈，等一下啊。的确，我有一个哥哥是警视正，但是，调查和推理都是单独进行的。所以，绝对没有那

---

①水户黄门即德川光国，日本江户幕府第一任征夷大将军德川家康之孙。他的印盒上有德川家族的家纹，是身份和地位的象征。

种利用警察权力的行为。"五岛马上开始辩解。他很在意三木广美的反应，似乎对她有点意思。

"这个嘛，谁知道呢？"八代用火柴点燃一支烟，说道，"一般观众好像都比较期待水户黄门的印盒出现的那一瞬间，难道不仅仅是为了这一点吗？"

"胡说，怎么可能这么简单。"五岛似乎突然又想起了什么，接着说道，"要说简单，一些外行的小姑娘，自称刑警的恋人，对调查进行干预的类型也是存在的。这种类型才是在拖日本推理小说的后腿，要说罪恶，这种小说的罪恶才大呢。"

像是在说九重美路菜。

"喂，等等，莫非你是在说我？"果然，美路菜拍案而起。

她脸色苍白。真奇怪，我心里想。

但美路菜那美丽的樱桃小口并没有继续提出反驳。在站起来的刹那，她的脸开始痛苦地扭曲。在所有人惊呆的时候，她当场气绝身亡。很明显，这是毒杀。

"不好了，第三起杀人事件！"八代叫道。所有人在这一瞬间都回到了小说的世界。

接着，又有人发出了"啊啊啊"的声音。是六田。他抓着自己的喉咙，痛苦地挣扎，很快倒在了地上，几秒后就不再动了。

到达别墅还不到半天，就有四个人被杀了，事态异常。这些外行侦探开始演绎疑神疑鬼的登场人物了。只是，所有人都相信自己才是侦探角色，并对此深信不疑。他们并不担心下一个被杀的很可能是自己，心中所想的全是怎样尽快破案，找出凶手。

"从迄今为止的情况来看，这肯定是那种'无人生还'的类型。"三木广美首先开口道。

"好像是啊。"八代也说。

"当然，凶手应该就在我们当中，否则就奇怪了。如果凶手来自外部，读者会生气的。"

"作者打算怎样安排情节呢？我觉得这种类型的作品，是无法超越阿加莎·克里斯蒂的。"

"是啊是啊，这个……作者肯定有什么想法。"八代意味深长地笑道，却不跟大家分享自己的推理。其他人也都沉默了。

"可是，"二宫说道，"作者先把那个女大学生杀掉的做法还是聪明的。在本格推理小说的舞台上，她显得有点不太适合。让女大学生或者女高中生担当侦探的角色，写一些轻松的推理小说来吸引女性读者的做法，在不久之前流行过了。"

"在新书开本①的小说里，这种类型有很多呢。"七濑年说道。

"当然，在开发读者层的意义上，它对出版界的贡献也不低。但是由于商业性太浓，未免让人扫兴。现在，即便有人写那种书，也不会有读者上当了。"二宫满怀自信地说。

"我们这些作者也不至于愚蠢到那般地步。"八代笑道。

死人没法说话，所以一说起死者的坏话时，大家意见一致。

"说到小说……"二宫环视周围，"那个自由撰稿人好像不在。"

"哎呀，是啊。"

就在三木广美说话的时候，枪声响起。所有人都从椅子上跳了

---

① 书籍开本的一种，长约173毫米，宽约106毫米。

起来。

"是浴室的方向。"二宫首先跑了出去。

在浴室的更衣室里发现了五岛大介的尸体。他倒在地上,额头鲜血直流。

"哎哟哟……"二宫说道,"侦破旅游胜地杀人事件的专家,这次似乎也成了配角啊。"

"枪声响起的时候,大家应该都坐在餐桌旁边。"三木广美说道。

或许她是想说凶手不在我们这些人当中。但这种诡计,只要用一个录音机就可以实施了。

"对了,老婆婆好像没有跟来。"二宫回头看了看,又说道,"啊,作家也不在。"

"坏了!"

"我们去看看吧。"

我们回去一看,七濑年趴在桌子上,已经气绝了,后脑勺上插着一支冰锥。八代则倒在厕所旁边,手里还拿着没有抽完的烟。

"烟里好像被人投了毒。"

"这一点,我是明白的。让推理小说家充当侦探角色,对于作家来说,是很难为情的。因为他本人最清楚,推理小说家在现实中并没有出色的推理能力。"

"可是,一瞬间就剩下我们三个人了。"三木广美说,"正好三个。"

"这个……到底算不算正好呢?社会派推理小说自不必说,在本格推理小说的世界中,也很少听说让记者来当侦探的。"

"哎呀,"三木广美使劲儿咬了一下嘴唇,说道,"一个迷失在法庭推理中的人,可没有资格这么说我。"

听了这句话，二宫正要说什么，房间里忽然一片漆黑。

"啊！"

"停电了。"

两声枪响。

只一分钟，房间里的灯又亮了起来。

律师和女记者陈尸当场。

我眼前站着一个人。

"凶手原来是你啊！"我对站在面前的推理小说研究家说。

四条看着我，轻轻摇了摇头。他脸上有一种用语言无法表达的表情，虽有笑意，却又蕴含着深深的悲哀。

"不是我，天下一先生。"他说，"在这种情况下，凶手怎么可能会是我呢。"

"为什么不会？你站在我面前，就是最好的证据。你是第二个被杀的人，是在洋酒库中被杀的。可你现在却出现在我面前，可见你只是佯装被杀掉。为什么呢？因为你就是凶手。"

我还没有说完，他就开始摇头。

"我没有装作被杀掉。接下来我才会被杀。"说着，他取出烟斗，点燃烟丝。淡紫色的烟从他口中喷了出来。"是被你杀的。"

我笑了起来。"你瞎说什么呢！我为什么要杀你？"

但是，他好像并非在开玩笑。他缓缓张开了嘴："因为你是凶手。"

"你说什么啊！怎么可能会有这种事呢？"

"不，你就是凶手。至于原因，借用你刚才说过的话来说明吧。你应该已被杀掉，现在却还在这里。这是因为，你是凶手。"

"胡说！我什么时候被杀了？"

"你不是也说了吗？第二个，在地下的洋酒库里。"

"在那里被杀掉的，是你。"

"不，不是我。是你。你要是觉得奇怪，就再读一下那个地方吧。"

我回到小说世界中，又读了一遍在洋酒仓库里发现尸体的部分。

"怎么样？"四条说道，"我的名字可一次也没有出现过。"

"但是，上面写的推理小说专家……"

"的确，我是推理小说研究家，但不是专家。要说专家，非天下一先生你莫属啊。"

"无稽之谈！"

"你再读一下其他的部分。你一次也没有发言，也没有关于你和大家坐在一起的记述。你装作被杀掉，然后在暗中观察大家。"

"要是这么说……"我指着四条的鼻子说，"你不也一样吗？你也没有发言，也没有证据表明你和大家坐在一起。把推理小说研究家说成推理小说专家，也不能算错吧？"

四条苦笑着点了点头，抽了一口烟。"的确如此。所以，现在不管谁成为凶手都没关系。不管谁成为凶手，都说得通。"

"所以，我就只能让你当凶手了。不管怎么说，我的角色是侦探，而且是这个系列的主人公……"

"问题就在这里。"四条一脸认真，"正因为你是这个系列的侦探，才是让这篇小说扭曲的最大原因。"

"扭曲？"

"是的。人一个接一个被杀，却没有一点悬念，也丝毫不显恐怖。这就是因为你是这系列小说的侦探。其他小说中的侦探角色出现再多，也改变不了你在这篇小说中的主人公地位。读者也深知你不会是凶手，也不会被杀。而且，刚才大家已经知道，在小说最后解谜的也是你。你觉得这种状态正常吗？小说的有趣之处，不正在于我们不知道将会发生什么吗？"

"虽然人们经常这么说，但不也有即便牺牲小说的趣味性，也要满足读者期望的吗？从这一点上说，难道系列侦探不是必要的吗？"

"我承认，读者的愿望很强烈，但也分时间和场合。有一些作品，为了写出系列侦探，把所有的东西都搞乱了。这样的作品我也知道一些。其中之一就是这次的故事。我就明确地说吧，在这个故事中你是不必要的，是一个不必要的人物。"

"不必要……"我耳中响起了擂鼓的声音。那是我的心跳。

"让我抛开推理小说研究家的身份，作为一个读者代表来说一下吧。"四条慢慢地说，"要想拯救这篇小说，方法只有一个，那就是从根本上摧毁读者关于你不会是凶手也不会被杀的思维定式。所以，你只能做凶手。你不觉得吗？"

我想不出该用什么话来反驳，大脑一片混乱。

不必要的人物？我？名侦探天下一系列的主人公？

"剩下的就交给你了。"四条说道。

他开始剧烈地挣扎，手中的烟斗掉在地上，抓住自己的喉咙。最后他倒在地上，双眼圆睁，口吐白沫。

我把烟斗拾起来。小说的设定是：那里面有毒。

投毒的人是我。应该是这样吧。

就在这时，我感到胸口有些不对劲。不，准确地说，应该是上衣口袋附近。

我把手伸了进去。里面有一个冰冷的东西。我抓住它，拿了出来。握在右手中的竟是一把黑得发亮的手枪。

　　为什么我手中会有这种东西？我要用这东西做什么？

　　我一边问自己，一边举起了手。我将枪口对准自己的鬓角，然后把手指放上扳机。

　　在这里，我应该是要扣动扳机的。

　　这样，故事就完成了。

　　这样，本格推理小说就得救了。

　　会不会呢？

　　会不会呢？

图书在版编目(CIP)数据

名侦探的守则 / (日) 东野圭吾著；岳远坤译. ——
2版. —— 海口：南海出版公司，2017.1
　(东野圭吾作品)
　ISBN 978-7-5442-8602-2

Ⅰ.①名… Ⅱ.①东… ②岳… Ⅲ.①长篇小说－日
本－现代 Ⅳ.①I313.45

中国版本图书馆CIP数据核字(2016)第298025号

著作权合同登记号 图字：30-2016-179

MEITANTEI NO OKITE
© Keigo Higashino 1999
Original Japanese edition published by KODANSHA LTD.
Publication rights for Simplified Chinese character edition arranged with KODANSHA LTD.
through KODANSHA BEIJING CULTURE LTD. Beijing, China.
All rights reserved.

名侦探的守则

〔日〕东野圭吾 著

岳远坤 译

出　　版　南海出版公司　(0898)66568511
　　　　　海口市海秀中路51号星华大厦五楼　邮编 570206
发　　行　新经典发行有限公司
　　　　　电话(010)68423599　邮箱 editor@readinglife.com
经　　销　新华书店

责任编辑　张　锐
特邀编辑　张莹莹
装帧设计　朱　琳
内文制作　王春雪

印　　刷　北京中科印刷有限公司
开　　本　850毫米×1168毫米　1/32
印　　张　8
字　　数　160千
版　　次　2010年3月第1版　2017年1月第2版
印　　次　2024年3月第53次印刷
书　　号　ISBN 978-7-5442-8602-2
定　　价　39.50元